POT-BOUILLE

ŒUVRES COMPLÈTES ILLUSTRÉES DE ÉMILE ZOLA

— ÉDITION NE VARIETUR —

LES ROUGON-MACQUART

HISTOIRE NATURELLE ET SOCIALE D'UNE FAMILLE SOUS LE SECOND EMPIRE

POT-BOUILLE

TOME SECOND

PARIS

BIBLIOTHÈQUE-CHARPENTIER

EUGENE FASQUELLE, ÉDITEUR

11, RUE DE GRENELLE, 11

1906

Le v'là parti sans toucher ses quittances! (p. 254.)

en bleu, et sa mère, toujours en mauve, gardaient leurs toilettes voyantes et laborieuses, remaniées à chaque saison. Madame Josserand entra la première, imposante, large, pour clouer du coup au fond de la gorge de son gendre les reproches, que toutes trois venaient de prévoir, dans un conseil tenu au bout de la rue. Elle daigna même expliquer leur retard, par une flânerie aux vitrines des magasins. D'ailleurs, Auguste très pâle, ne lâcha pas une plainte; il répondait d'un ton sec, il se contenait et attendait, visiblement. Un instant encore, la mère, qui sentait l'orage avec sa grande habitude des querelles du traversin, tâcha de l'intimider; puis, elle dut monter, elle se contenta de dire :

— Bonsoir, ma fille. Et dors bien, n'est-ce pas? si tu veux vivre longtemps.

Tout de suite, Auguste à bout de force, oubliant la présence d'Octave et de Saturnin, tira de sa poche un papier froissé, qu'il mit sous le nez de Berthe, en bégayant :

— Qu'est-ce que c'est que ça?

Berthe n'avait pas même retiré son chapeau. Elle devint très rouge.

— Ça? dit-elle, eh bien! c'est une facture.

— Oui, une facture! et pour des faux cheveux encore! S'il est permis, pour des cheveux! comme si vous n'en aviez plus sur la tête!... Mais ce n'est pas ça. Vous l'avez payée, cette facture; dites, avec quoi l'avez-vous payée?

La jeune femme, de plus en plus troublée, finit par répondre :

— Avec mon argent, pardi!

— Votre argent! mais vous n'en avez pas. Il faut qu'on vous en ait donné ou que vous en ayez pris ici... Et puis, tenez! je sais tout, vous faites des dettes... Je tolérerai ce que vous voudrez; mais pas de dettes, entendez-vous, pas de dettes! jamais!

Et il mettait, dans ce cri, son horreur de garçon prudent, son honnêteté commerciale qui consistait à ne rien devoir. Longtemps, il se soulagea, reprochant à sa femme ses sorties continuelles, ses visites aux quatre coins de Paris, ses toilettes, son luxe qu'il ne pouvait entretenir. Est-ce qu'il était raisonnable, dans leur situation, de rester dehors jusqu'à des onze heures du soir, avec des robes de soie rose, brodées de jais blanc? Quand on avait de ces goûts-là, on apportait cinq cent mille francs de dot. D'ailleurs, il connaissait bien la coupable : c'était la mère imbécile qui élevait ses filles à manger des fortunes, sans avoir seulement de quoi leur coller une chemise sur le dos, le jour de leur mariage.

— Ne dites pas de mal de maman! cria Berthe, relevant la tête, exaspérée à la fin. On n'a rien à lui reprocher, elle a fait son devoir... Et votre famille, elle est propre! Des gens qui ont tué leur père!

Octave s'était plongé dans ses étiquettes, en affectant de ne pas entendre. Mais, du coin de l'œil, il suivait la querelle, et guettait surtout Saturnin, qui, frémissant, avait cessé de frotter la glace, les poings serrés, les yeux ardents, près de sauter à la gorge du mari.

— Laissons nos familles, reprit ce dernier. Nous avons assez de notre ménage... Écoutez, vous allez changer de train, car je ne donnerai plus un sou pour toutes ces bêtises. Oh! c'est une résolution formelle. Votre place est ici, dans votre comptoir, en robe simple, comme les femmes qui se respectent... Et si vous faites des dettes, nous verrons.

Berthe restait suffoquée, devant cette main de mari brutal portée sur ses habitudes, ses plaisirs, ses robes. C'était un arrachement de tout ce qu'elle aimait, de tout ce qu'elle avait rêvé en se mariant. Mais, par une tactique de femme, elle ne montra pas la blessure dont elle saignait, elle donna un prétexte à la colère qui gonflait son visage, et répéta avec plus de violence :

— Je ne souffrirai pas que vous insultiez maman!

Auguste haussait les épaules.

— Votre mère! mais, tenez! vous lui ressemblez, vous devenez laide, quand vous vous mettez dans cet état... Oui, je ne vous reconnais plus, c'est elle qui revient. Ma parole, ça me fait peur!

Du coup, Berthe se calma, et le regardant en face :

— Allez donc dire à maman ce que vous disiez tout à l'heure, pour voir comment elle vous flanquera dehors.

— Ah! elle me flanquera dehors! cria le mari furieux. Eh bien! je monte le lui dire tout de suite.

En effet, il se dirigea vers la porte. Il était temps qu'il sortît, car Saturnin, avec ses yeux de loup, s'avançait traîtreusement pour l'étrangler par derrière. La jeune femme venait de se laisser tomber sur une chaise, où elle murmurait à demi-voix :

— Ah! grand Dieu! en voilà un que je n'épouserais pas, si c'était à refaire!

En haut, M. Josserand, très surpris, vint ouvrir, Adèle étant déjà montée se coucher. Comme il s'installait justement pour passer la nuit à faire des bandes, malgré des malaises dont il se plaignait depuis quelque temps, ce fut avec un embarras, une honte d'être découvert, qu'il introduisit son gendre dans la salle à manger; et il parla d'un travail pressé, une copie du dernier inventaire de la cristallerie Saint-Joseph. Mais, lorsque, nettement, Auguste accusa sa fille, lui reprocha des dettes, raconta toute la querelle amenée par l'histoire des faux cheveux, les mains du bonhomme furent prises d'un tremblement; il bégayait, frappé au cœur, les yeux pleins de larmes. Sa fille endettée, vivant comme il avait vécu lui-même, au milieu de continuelles scènes de ménage! Tout le malheur de sa vie allait donc recommencer dans son enfant! Et une autre crainte le glaçait, il redoutait à chaque minute d'entendre son gendre aborder la question d'argent, réclamer la dot, en le traitant de voleur. Sans doute le jeune homme savait tout, pour tomber ainsi chez eux, à onze heures passées.

— Ma femme se couche, balbutiait-il, la tête perdue. Il est inutile de la réveiller, n'est-ce pas?... Vraiment, vous m'apprenez des choses! Cette pauvre Berthe n'est pourtant pas méchante, je vous assure. Ayez de l'indulgence. Je lui parlerai... Quant à nous, mon cher Auguste, nous n'avons rien fait, je crois, qui puisse vous mécontenter...

Et il le tâtait du regard, rassuré, voyant qu'il ne devait rien savoir encore, lorsque madame Josserand parut sur le seuil de la chambre à coucher. Elle était en toilette de nuit, toute blanche, terrible. Auguste, très excité pourtant, recula. Sans doute, elle avait écouté à la porte, car elle débuta par un coup droit.

— Ce ne sont pas, je pense, vos dix mille francs que vous réclamez? Plus de deux mois encore nous séparent de l'échéance... Dans deux mois, nous vous les donnerons, monsieur. Nous ne mourons pas, nous autres, pour échapper à nos promesses.

Cet aplomb superbe acheva d'accabler M. Josserand. D'ailleurs, madame Josserand continuait, ahurissait son gendre par des déclarations extraordinaires, sans lui laisser le temps de parler.

— Vous n'êtes pas fort, monsieur. Lorsque vous aurez rendu Berthe malade, il faudra appeler le docteur, ça coûtera de l'argent chez le pharmacien, et c'est encore vous qui serez le dindon... Tout à l'heure, je me suis en allée, quand je vous ai vu décidé à commettre une sottise. A votre aise! battez votre femme, mon cœur de mère est tranquille, car Dieu veille, et la punition ne se fait jamais attendre!

Enfin, Auguste put expliquer ses griefs. Il revint sur les sorties continuelles, les toilettes, s'enhardit même jusqu'à condamner l'éducation donnée à Berthe. Madame Josserand l'écoutait d'un air d'absolu mépris. Puis, quand il eut terminé :

— Ça ne mérite pas de réponse, tant c'est bête, mon cher. J'ai ma conscience pour moi, ça me suffit... Un homme à qui j'ai confié un ange Je ne me mêle plus de rien, puisqu'on m'insulte. Arrangez-vous.

— Mais votre fille finira par me tromper, madame! s'écria Auguste, repris de colère.

Madame Josserand qui partait, se retourna, le regarda en face.

— Monsieur, vous faites tout ce qu'il faut pour ça!

Et elle rentra dans sa chambre, avec une dignité de Cérès colossale, aux triples mamelles, et drapée de blanc.

Le père garda Auguste quelques minutes encore. Il fut conciliant, laissa entendre qu'avec les femmes il valait mieux tout supporter, finit par le renvoyer calmé, résolu au pardon. Mais, quand il se retrouva seul dans la salle à manger, devant sa petite lampe, le bonhomme se mit à pleurer. C'était fini, il n'y avait plus de bonheur, jamais il ne trouverait le temps de faire assez de bandes, la nuit, pour aider sa fille en cachette. L'idée que cette enfant pouvait s'endetter, l'accablait comme d'une honte personnelle. Et il se sentait malade, il venait de recevoir un nouveau coup, la force lui manquerait un de ces soirs. Enfin, péniblement, renfonçant ses larmes, il travailla.

En bas, dans la boutique, Berthe était demeurée un instant immobile, le visage entre les mains. Un garçon, après avoir mis les volets, venait de redescendre dans le sous-sol. Alors, Octave crut devoir s'approcher de la jeune femme. Dès le départ du mari, Saturnin lui avait fait de grands gestes, par-dessus la tête de sa sœur, comme pour l'inviter à la consoler. Maintenant, il rayonnait, il multipliait les clins d'yeux; et, craignant de ne pas être compris, il accentuait ses conseils en envoyant des baisers dans le vide, avec une effusion débordante d'enfant.

— Comment! tu veux que je l'embrasse? demanda Octave par signes.

— Oui, oui, répondit le fou, d'un hochement de menton enthousiaste.

Et, lorsqu'il vit le jeune homme souriant devant sa sœur, qui ne s'était aperçu de rien, il s'assit par terre, derrière un comptoir, ne voulant pas les gêner, se cachant. Les becs de gaz brûlaient encore, la flamme haute, dans le grand silence du magasin fermé. C'était une paix morte, un étouffement où les pièces de soie mettaient l'odeur fade de leur apprêt.

— Madame, je vous en prie, ne vous faites pas tant de peine, dit Octave, de sa voix caressante.

Elle eut un tressaillement, en le trouvant si près d'elle.

— Je vous demande pardon, monsieur Octave. Ce n'est pas ma faute, si vous avez assisté à cette explication pénible. Et je vous prie d'excuser mon mari, car il devait être malade, ce soir... Vous savez, dans tous les ménages, il y a de petites contrariétés...

Des sanglots l'étranglèrent. La seule idée d'atténuer les torts de son mari pour le monde, avait déterminé une crise de larmes abondantes, qui la détendait. Saturnin montra sa tête inquiète au ras du comptoir; mais il replongea aussitôt, quand il vit Octave se décider à prendre la main de sa sœur.

— Je vous en prie, madame, un peu de courage, disait ce dernier.

— Non, c'est plus fort que moi, balbutia-t-elle. Vous étiez-là, vous avez entendu... Pour quatre-vingt-quinze francs de cheveux! Comme si toutes les femmes n'en portaient pas, des cheveux, aujourd'hui!... Mais lui ne sait rien, ne comprend rien. Il ne connaît pas plus les femmes que le grand Turc, il n'en a jamais eu, non jamais, monsieur Octave!... Ah! je suis bien malheureuse!

Elle disait tout, dans la fièvre de sa rancune. Un homme qu'elle prétendait avoir épousé par amour, et qui bientôt lui refuserait des chemises! Est-ce qu'elle ne remplissait pas ses devoirs? est-ce qu'il trouvait seulement une négligence à lui reprocher? Certes, s'il ne s'était pas mis en colère, le jour où elle lui avait demandé des cheveux, elle n'aurait jamais été réduite à en acheter sur sa bourse! Et, pour les plus petites bêtises, la même histoire recommençait : elle ne pouvait témoigner une envie, souhaiter le moindre objet de toilette, sans se heurter contre des maussaderies féroces. Naturellement, elle avait sa fierté, elle ne demandait plus rien, aimait mieux manquer du nécessaire que de s'humilier sans résultat. Ainsi, elle désirait follement, depuis quinze jours, une parure de fantaisie, vue avec sa mère à la vitrine d'un bijoutier du Palais-Royal.

— Vous savez, trois étoiles de strass pour être piquées dans les cheveux... Oh! une babiole, cent francs, je crois... Eh bien! j'ai eu beau en parler du matin au soir, si vous croyez que mon mari a compris!

Octave n'aurait osé compter sur une pareille occasion. Il brusqua les choses.

— Oui, oui, je sais. Vous en avez parlé plusieurs fois devant moi... Et, mon Dieu! madame, vos parents m'ont si bien reçu, vous m'avez accueilli vous-même avec tant d'obligeance, que j'ai cru pouvoir me permettre...

En parlant, il sortait de sa poche une boîte longue, où les trois étoiles luisaient sur un morceau d'ouate. Berthe s'était levée, très émue.

— Mais c'est impossible! monsieur. Je ne veux pas... Vous avez eu le plus grand tort.

Lui, se montrait naïf, inventait des prétextes. Dans le Midi, ça se faisait parfaitement. Et puis, des bijoux sans aucune valeur. Elle, toute rose, ne pleurait plus, les yeux sur la boîte, rallumés aux étincelles des pierres fausses.

— Je vous en prie, madame... Un bon mouvement pour me prouver que vous êtes contente de mon travail.

— Non, vraiment, monsieur Octave, n'insistez pas... Vous me faites de la peine.

Saturnin avait reparu; et, en extase, comme devant un reliquaire, il regardait les bijoux. Mais sa fine oreille entendit les pas d'Auguste, qui revenait. Il avertit Berthe d'un léger claquement de langue. Alors, celle-ci se décida, juste au moment où son mari entrait.

— Eh bien! écoutez, murmura-t-elle rapidement en fourrant la boite dans sa poche, je dirai que c'est ma sœur Hortense qui m'en a fait cadeau.

Auguste donna l'ordre d'éteindre le gaz, puis il monta avec elle se coucher, sans ajouter un mot sur la querelle, heureux au fond de la trouver remise, très gaie, comme s'il ne s'était rien passé entre eux. Le magasin tombait à une nuit profonde; et, au moment où Octave se retirait aussi, il sentit dans l'obscurité des mains brûlantes serrer les siennes, à les briser. C'était Saturnin qui couchait au fond du sous-sol.

— Ami... ami... ami, répétait le fou, avec un élan de sauvage tendresse.

Déconcerté dans ses calculs, Octave, peu à peu, se prenait pour Berthe d'un jeune et ardent désir. S'il avait d'abord suivi son plan ancien de séduction, sa volonté d'arriver par les femmes, maintenant il ne voyait plus seulement en elle la patronne, celle dont la possession devait mettre la maison à sa merci; il voulait avant tout la Parisienne, cette jolie créature de luxe et de grâce, dans laquelle il n'avait jamais mordu, à Marseille; il éprouvait comme une fringale de ses petites mains gantées, de ses petits pieds chaussés de bottines à hauts talons, de sa gorge délicate noyée de fanfreluches, même des dessous douteux, de la cuisine qu'il flairait sous ses toilettes trop riches; et ce coup brusque de passion allait jusqu'à attendrir la sécheresse de sa nature économe, au point de lui faire jeter en cadeaux, en dépenses de toutes sortes, les cinq mille francs apportés du Midi, doublés déjà par des opérations financières, dont il ne parlait à personne.

Mais ce qui le dévoyait surtout, c'était d'être devenu timide, en tombant amoureux. Il n'avait plus sa décision, sa hâte d'aller au but, goûtant au contraire des joies paresseuses à ne rien brusquer. Du reste, dans cette défaillance passagère de son esprit si pratique, il finissait par considérer la conquête de Berthe comme une campagne d'une difficulté extrême, qui demandait des lenteurs, des ménagements de haute diplomatie. Sans doute ses deux insuccès, auprès de Valérie et de madame Hédouin, l'emplissaient de la terreur d'échouer, une fois encore. Mais il y avait, en outre, au fond de son trouble plein d'hésitation, une peur de la femme adorée, une croyance absolue à l'honnêteté de Berthe, tout cet aveuglement de l'amour que le désir paralyse et qui désespère.

Le lendemain de la querelle du ménage, Octave, heureux d'avoir fait ac-

Lorsqu'elle voulut redescendre, il se mit à hurler (p. 261.)

cepter son cadeau à la jeune femme, songea qu'il serait adroit de se mettre bien avec le mari. Alors, comme il mangeait à la table de son patron, celui-ci ayant l'habitude de nourrir ses employés, pour les garder sous la main, il lui témoigna une complaisance sans bornes, l'écouta au dessert, approuva bruyamment ses idées. Même, en particulier, il parut épouser son mécontentement contre sa femme, au point de feindre de la surveiller et de le renseigner ensuite par de petits rapports. Auguste fut très touché ; il avoua un soir au jeune homme qu'il avait failli un instant le renvoyer, car il le croyait de connivence avec sa belle-mère. Octave, glacé, manifesta aussitôt de l'horreur pour madame Josserand, ce qui acheva de les rapprocher dans une complète communauté d'opinions. Du reste, le mari était un bon homme au fond, simplement désagréable, mais volontiers résigné, tant qu'on ne le jetait pas hors de lui, en dépensant son argent ou en touchant à sa morale. Il jurait même de ne plus se mettre en colère, car il avait eu, après la querelle, une migraine abominable, dont il était resté idiot pendant trois jours.

— Vous me comprenez, vous ! disait-il au jeune homme. Je veux ma tranquillité... En dehors de ça, je me fiche de tout, la vertu mise à part bien entendu, et pourvu que ma femme n'emporte pas la caisse. Hein? je suis raisonnable, je n'exige pas d'elle des choses extraordinaires?

Et Octave exaltait sa sagesse, et ils célébraient ensemble les douceurs de la vie plate, des années toujours semblables, passées à métrer de la soie. Même, pour lui plaire, le commis abandonnait ses idées de grand commerce. Un soir, il l'avait effaré, en reprenant son rêve de vastes bazars modernes, et en lui conseillant, comme à madame Hédouin, d'acheter la maison voisine, afin d'élargir sa boutique. Auguste, dont la tête éclatait déjà au milieu de ses quatre comptoirs, le regardait avec une telle épouvante de commerçant habitué à couper les liards en quatre, qu'il s'était hâté de retirer sa proposition et de s'extasier sur la sécurité honnête du petit négoce.

Les jours coulaient, Octave faisait son trou dans la maison, comme un trou de duvet où il avait chaud. Le mari l'estimait, madame Josserand elle-même, à laquelle il évitait pourtant de témoigner trop de politesse, le regardait d'un air encourageant. Quant à Berthe, elle devenait avec lui d'une familiarité charmante. Mais son grand ami était Saturnin, dont il voyait s'accroître l'affection muette, le dévouement de chien fidèle, à mesure que lui-même désirait plus violemment la jeune femme. Pour tout autre, le fou montrait une jalousie sombre ; un homme ne pouvait approcher sa sœur, sans qu'il fût aussitôt inquiet, les lèvres retroussées, prêt à mordre. Et si, au contraire, Octave se penchait vers elle librement, la faisait rire du rire tendre et mouillé d'une amante heureuse, il riait d'aise lui-même, son visage reflétait un peu de leur joie sensuelle. Le pauvre être semblait goûter l'amour dans cette chair de femme, qu'il sentait sienne, sous la poussée de l'instinct; et l'on eût dit qu'il éprouvait pour l'amant choisi la reconnaissance pamée du bonheur. Dans tous les coins, il arrêtait celui-ci, jetait autour d'eux des regards méfiants, puis s'ils étaient seuls, lui parlait d'elle, répétait toujours les mêmes histoires, en phrases heurtées.

— Quand elle était petite, elle avait des petits membres gros comme ça; et déjà grasse, et toute rose, et très gaie... Alors, elle gigotait par terre. Moi, ça m'amusait, je la regardais, je me mettais à genoux... Alors, pan! pan! pan! elle me donnait des coups de pied dans l'estomac... Alors, ça me faisait plaisir, oh! ça me faisait plaisir!

Octave sut ainsi l'enfance entière de Berthe, l'enfance avec ses bobos, ses joujoux, sa croissance de joli animal indompté. Le cerveau vide de Saturnin gardait religieusement des faits sans importance, dont lui seul se souvenait : un jour où elle s'était piquée et où il avait sucé le sang; un matin où elle lui était restée dans les bras, en voulant monter sur la table. Mais il retombait toujours au grand drame, à la maladie de la jeune fille.

— Ah! si vous l'aviez vue!... La nuit, j'étais tout seul près d'elle. On me battait pour m'envoyer me coucher. Et je revenais, les pieds nus... Tout seul. Ça me faisait pleurer, parce qu'elle était blanche. Je tâtais voir si elle devenait froide... Puis, ils m'ont laissé. Je la soignais mieux qu'eux, je savais les remèdes, elle prenait ce que je lui donnais... Des fois, quand elle se plaignait trop, je lui mettais la tête sur moi. Nous étions gentils... Ensuite, elle a été guérie, et je voulais revenir, et ils m'ont encore battu.

Ses yeux s'allumaient, il riait, il pleurait, comme si les faits dataient de la veille. De ses paroles entrecoupées, se dégageait l'histoire de cette tendresse étrange : son dévouement de pauvre d'esprit au chevet de la petite malade, abandonnée des médecins; son cœur et son corps donnés à la chère mourante, qu'il soignait dans sa nudité, avec des délicatesses de mère; son affection et ses désirs d'homme arrêtés là, atrophiés, fixés à jamais par ce drame de la souffrance dont l'ébranlement persistait; et, dès lors, malgré l'ingratitude après la guérison, Berthe restait tout pour lui, une maîtresse devant laquelle il tremblait, une fille et une sœur qu'il avait sauvée de la mort, une idole qu'il adorait d'un culte jaloux. Aussi poursuivit-il le mari d'une haine furieuse d'amant contrarié, ne tarissant pas en paroles méchantes, se soulageant avec Octave.

— Il a encore l'œil bouché. C'est agaçant, son mal de tête!... Hier, vous avez entendu comme il traînait les pieds... Tenez, le voilà qui regarde dans la rue. Hein? est-il assez idiot!... Sale bête, sale bête!

Et Auguste ne pouvait remuer, sans que le fou se fâchât. Puis, venaient les propositions inquiétantes.

— Si vous voulez, à nous deux, nous allons le saigner comme un cochon.

Octave le calmait. Alors, Saturnin, dans ses jours de tranquillité, voyageait de lui à la jeune femme, d'un air ravi, leur rapportait des mots qu'ils avaient dits l'un sur l'autre, faisait leurs commissions, était comme un lien de continuelle tendresse. Il se serait jeté par terre, devant eux, pour leur servir de tapis.

Berthe n'avait plus reparlé du cadeau. Elle semblait ne pas remarquer les attentions tremblantes d'Octave, le traitait en ami, sans trouble aucun. Jamais il n'avait tant soigné la correction de sa tenue, et il abusait avec elle de la caresse de ses yeux couleur de vieil or, dont il croyait la douceur de velours irrésistible. Mais elle ne lui était reconnaissante que de ses mensonges, les jours où il l'aidait à cacher quelque escapade. Une complicité s'établissait ainsi entre eux : il favorisait les sorties de la jeune femme en compagnie de sa mère, donnait le change au mari, dès le moindre soupçon. Même elle finissait par ne plus se gêner, dans sa rage de courses et de visites, se reposant entièrement sur son intelligence. Et, si, à sa rentrée, elle le trouvait derrière une pile d'étoffes, elle le remerciait d'une bonne poignée de main de camarade.

Un jour pourtant, elle eut une grosse émotion. Octave, comme elle revenait d'une exposition de chiens, l'appela d'un signe dans le sous-sol; et, là, il lui remit une facture, qu'on avait présentée pendant son absence, soixante-deux francs, pour des bas brodés. Elle devint toute pâle, et le cri de son cœur fut aussitôt :

— Mon Dieu ! est-ce que mon mari a vu ça !

Il se hâta de la rassurer, il lui conta quelle peine il avait eue pour escamoter la facture, sous le nez d'Auguste. Puis, d'un air de gêne, il dut ajouter à demi-voix :

— J'ai payé.

Alors, elle fit mine de fouiller ses poches, ne trouva rien, dit simplement :

— Je vous rembourserai... Ah ! que de remerciements, monsieur Octave ! Je serais morte, si Auguste avait vu ça.

Et, cette fois, elle lui prit les deux mains, elle les tint un instant serrées entre les siennes. Mais jamais il ne fut plus question des soixante-deux francs.

C'était, en elle, un appétit grandissant de liberté et de plaisir, tout ce qu'elle se promettait dans le mariage étant jeune fille, tout ce que sa mère lui avait appris à exiger de l'homme. Elle apportait comme un arriéré de faim amassée, elle se vengeait de sa jeunesse nécessiteuse chez ses parents, des basses viandes mangées sans beurre pour acheter des bottines, des toilettes pénibles retapées vingt fois, du mensonge de leur fortune soutenu au prix d'une misère et d'une saleté noires. Mais surtout elle se rattrapait des trois hivers où elle avait couru la boue de Paris en souliers de bal, à la conquête d'un mari : soirées mortelles d'ennui, pendant lesquelles, le ventre vide, elle se gorgeait de sirop; corvées de sourires et de grâces pudiques, auprès des jeunes gens imbéciles; exaspérations secrètes d'avoir l'air de tout ignorer, lorsqu'elle savait tout; puis, les retours sous la pluie, sans fiacre; puis, le frisson de son lit glacé et les gifles maternelles qui lui gardaient les joues chaudes. A vingt-deux ans encore, elle désespérait, tombée à une humilité de bossue, se regardant en chemise, le soir, pour voir s'il ne lui manquait rien. Et elle en tenait un enfin, et comme le chasseur qui achève d'un coup de poing brutal le lièvre qu'il s'est essoufflé à poursuivre, elle se montrait sans douceur pour Auguste, elle le traitait en vaincu.

Peu à peu, la désunion augmentait ainsi entre les époux, malgré les efforts du mari, désireux de ne pas troubler son existence. Il défendait désespérément son coin de tranquillité somnolente et maniaque, il fermait les yeux sur les fautes légères, en avalait même de grosses, avec la continuelle terreur de découvrir quelque abomination, qui le mettrait hors de lui. Les mensonges de Berthe, attribuant à l'affection de sa sœur ou de sa mère une foule de petits objets dont elle n'aurait pu expliquer l'achat, le trouvaient donc tolérant; même il ne grondait plus trop, lorsqu'elle sortait le soir, ce qui permit deux fois à Octave de la mener secrètement au théâtre, en compagnie de madame Josserand et d'Hortense : parties charmantes, après lesquelles ces dames tombèrent d'accord qu'il savait vivre.

Jusque-là, du reste, Berthe, au moindre mot, jetait son honnêteté à la figure d'Auguste. Elle se conduisait bien, il devait s'estimer heureux; car, pour elle comme pour sa mère, la légitime mauvaise humeur d'un mari commençait seulement au flagrant délit de la femme. Cette honnêteté réelle, dans les premières gloutonneries où elle gâchait son appétit, ne lui coûtait pourtant pas un gros sacrifice. Elle était de nature froide, d'un égoïsme rebelle aux tracas de la passion, préférant se donner toute seule des jouissances, sans vertu d'ailleurs. La cour que lui faisait Octave la flattait, simplement, après ses échecs de fille à marier qui s'était cru abandonnée des hommes; et elle en tirait en outre toutes sortes de profits, dont elle bénéficiait avec sérénité, ayant grandi dans le désir enragé de l'argent. Un jour elle avait laissé le commis payer pour elle cinq heures de voiture; un autre jour, sur le point de sortir, elle s'était fait prêter trente francs, derrière le dos de son mari, en disant avoir oublié son porte-monnaie.

Ce jeune homme ne tirait pas à conséquence; elle n'avait aucune idée sur lui, elle l'utilisait, toujours sans calcul, au petit bonheur de ses plaisirs et des événements. Et, en attendant, elle abusait de son martyre de femme maltraitée, qui remplissait strictement ses devoirs.

Ce fut un samedi qu'une affreuse querelle éclata entre les époux, au sujet d'une pièce de vingt sous qui se trouvait en moins dans le compte de Rachel. Comme Berthe réglait ce compte, Auguste apporta, selon son habitude, l'argent nécessaire aux dépenses du ménage pour la semaine suivante. Les Josserand devaient dîner le soir, et la cuisine se trouvait encombrée de provisions : un lapin, un gigot, des choux-fleurs. Près de l'évier, Saturnin, accroupi sur le carreau, cirait les souliers de sa sœur et les bottes de son beau-frère. La querelle commença par de longues explications au sujet de la pièce de vingt sous. Où avait-elle passé? Comment pouvait-on égarer vingt sous? Auguste voulut refaire les additions. Pendant ce temps, Rachel embrochait son gigot avec tranquillité, toujours souple, malgré son air dur, la bouche close, mais les yeux aux aguets. Enfin, il donna cinquante francs, et il allait redescendre, lorsqu'il revint, obsédé par l'idée de cette pièce perdue.

— Il faut la retrouver pourtant, dit-il. C'est peut-être toi qui l'auras empruntée à Rachel, et vous ne vous en souvenez plus.

Berthe, du coup, fut très blessée.

Accuse-moi de faire danser l'anse du panier!... Ah! tu es gentil!

Tout partit de là, ils en arrivèrent bientôt aux mots les plus vifs. Auguste, malgré son désir d'acheter chèrement la paix, se montrait agressif, excité par la vue du lapin, du gigot et des choux-fleurs, hors de lui devant ce tas de nourriture, qu'elle jetait en une fois, sous le nez de ses parents. Il feuilletait le livre de compte, s'exclamait à chaque article. Ce n'était pas Dieu possible! elle s'entendait avec la bonne pour gagner sur les provisions.

— Moi! moi! cria la jeune femme poussée à bout; moi, je m'entends avec la bonne!... Mais c'est vous, monsieur, qui la payez pour m'espionner! Oui, je la sens toujours sur mon dos, je ne puis risquer un pas sans rencontrer ses yeux... Ah! elle peut bien regarder par le trou de la serrure, quand je change de linge. Je ne fais rien de mal, je me moque de votre police... Seulement, ne poussez pas l'audace jusqu'à me reprocher de m'entendre avec elle.

Cette attaque imprévue laissa le mari un moment stupéfait. Rachel s'était tournée, sans lâcher le gigot; et elle mettait la main sur son cœur, elle protestait.

— Oh! madame, pouvez-vous croire!... Moi qui respecte tant madame!

— Elle est folle ! dit Auguste en haussant les épaules. Ne vous défendez pas, ma fille... Elle est folle !

Mais un bruit derrière son dos, l'inquiéta. C'était Saturnin qui venait de jeter violemment l'un des souliers à moitié ciré, pour s'élancer au secours de sa sœur. La face terrible, les poings serrés, il bégayait qu'il étranglerait ce sale individu, s'il la traitait encore de folle. Peureusement l'autre s'était réfugié derrière la fontaine, en criant :

— C'est assommant à la fin, si je ne peux plus vous adresser une observation, sans que celui-là se mette entre nous !... J'ai bien voulu l'accepter, mais qu'il me fiche la paix ! Encore un joli cadeau de votre mère ! elle en avait une peur de chien, et elle me l'a collé sur le dos, préférant me faire assommer à sa place. Merci !... Le voilà qui prend un couteau. Empêchez-le donc !

Berthe désarma son frère, le calma d'un regard, pendant que, très pâle, Auguste continuait à mâcher de sourdes paroles. Toujours les couteaux en l'air ! Un mauvais coup était si vite attrapé ; et, avec un fou, rien à faire, la justice ne vous vengerait seulement pas ! Enfin, on ne se faisait point garder par un frère pareil, qui aurait réduit un mari à l'impuissance, même dans les cas de la plus légitime indignation, et jusqu'à le forcer à boire sa honte.

— Tenez ! monsieur, vous manquez de tact, déclara Berthe d'un ton dédaigneux. Un homme comme il faut ne s'explique pas dans une cuisine.

Elle se retira dans sa chambre, en refermant violemment les portes. Rachel s'était retournée vers sa rôtissoire, comme n'entendant plus la querelle de ses maîtres. Par excès de discrétion, en fille qui se tenait à sa place, même quand elle savait tout, elle ne regarda pas sortir madame ; et elle laissa monsieur piétiner un instant, sans hasarder le moindre jeu de physionomie. D'ailleurs, presque aussitôt, monsieur courut derrière madame. Alors, Rachel, impassible, put mettre le lapin au feu.

— Comprends donc, ma bonne amie, dit Auguste à Berthe, qu'il avait rattrapée dans la chambre, ce n'était pas pour toi que je parlais, c'était pour cette fille qui nous vole... Il faut bien les retrouver, ces vingt sous.

La jeune femme eut une secousse d'exaspération nerveuse. Elle le regarda en face, toute blanche, résolue.

— A la fin, allez-vous me lâcher, avec vos vingt sous...! Ce n'est pas vingt sous que je veux, c'est cinq cents francs par mois. Oui, cinq cents francs, pour ma toilette... Ah ! vous parlez d'argent dans la cuisine, en présence de la bonne ! Eh bien ! ça me décide à en parler aussi, moi ! Il y a longtemps que je me retiens... Je veux cinq cents francs.

Il restait béant devant cette demande. Et elle entama la grande querelle

Accuse-moi de faire danser l'anse du panier (p. 279.)

que, pendant vingt ans, sa mère avait faite tous les quinze jours à son père. Est-ce qu'il espérait la voir marcher nu-pieds? Quand on épousait une femme, on s'arrangeait au moins pour l'habiller et la nourrir proprement. Plutôt mendier que de se résigner à cette vie de sans le sou! Ce n'était point sa faute, à elle, s'il se montrait incapable dans son commerce; oh! oui, incapable, sans idées, sans initiative, ne sachant que couper les liards en quatre. Un homme qui aurait dû mettre sa gloire à faire vite fortune, à la parer comme une reine, pour tuer de rage les gens du *Bonheur des Dames!* Mais non! avec une si pauvre tête, la faillite devenait certaine. Et, de ce flot de paroles, montait le respect, l'appétit furieux de l'argent, toute cette religion de l'argent dont elle avait appris le culte dans sa famille, en voyant les vilenies où l'on tombe pour paraître seulement en avoir.

— Cinq cents francs! dit enfin Auguste. J'aimerais mieux fermer le magasin.

Elle la regarda froidement.

— Vous refusez. C'est bon, je ferai des dettes.

— Encore des dettes, malheureuse!

Dans un mouvement de brusque violence, il la saisit par les bras, la poussa contre le mur. Alors, sans crier, étranglée de colère, elle courut ouvrir la fenêtre, comme pour se précipiter sur le pavé; mais elle revint, le poussa à son tour vers la porte, le jeta dehors, en bégayant:

— Allez-vous-en, ou je fais un malheur!

Et, derrière son dos, elle mit bruyamment le verrou. Un instant, il écouta, hésitant. Puis se hâta de descendre au magasin, repris de terreur, en voyant luire dans l'ombre les yeux de Saturnin, que le bruit de la courte lutte avait fait sortir de la cuisine.

En bas, Octave qui vendait des foulards à une vieille dame, s'aperçut tout de suite du bouleversement de ses traits. Il le regardait, du coin de l'œil, marcher avec fièvre devant les comptoirs. Quand la cliente fut partie, le cœur d'Auguste déborda.

— Mon cher, elle devient folle, dit-il sans nommer sa femme. Elle s'est enfermée... Vous devriez me rendre le service de monter lui parler. Je crains un accident, ma parole d'honneur!

Le jeune homme affecta d'hésiter. C'était si délicat! Enfin, il le fit par dévouement. En haut, il trouva Saturnin, planté à la porte de Berthe. Le fou, en entendant un bruit de pas, avait eu un grognement de menace. Mais, quand il reconnut le commis, sa figure s'éclaira.

— Ah! oui, toi, murmura-t-il. Toi, c'est bon... Faut pas qu'elle pleure. Soit gentil, trouve des choses... Et tu sais, reste. Pas de danger. Je suis là. Si la bonne veut voir, je cogne.

Et il s'assit par terre, il garda la porte. Comme il tenait encore l'une des bottes de son beau-frère, il se mit à la faire reluire, pour occuper son temps.

Octave s'était décidé à frapper. Aucun bruit, pas de réponse. Alors, il se nomma. Tout de suite, le verrou fut tiré. Berthe le pria d'entrer, en entrebâillant la porte. Puis, elle la referma, remit le verrou d'un doigt irrité.

— Vous, je veux bien, dit-elle. Lui, non!

Elle marchait, emportée par la colère, allant du lit à la fenêtre, qui était restée ouverte. Et elle lâchait des paroles décousues: il ferait manger ses parents, s'il voulait; oui, il leur expliquerait son absence, car elle ne se mettrait pas à table; plutôt mourir! D'ailleurs, elle préférait se coucher. Déjà, de ses mains fiévreuses, elle arrachait le couvre-pied, tapait les oreillers, ouvrait les draps, oubliant la présence d'Octave, au point qu'elle eut un geste, comme pour dégrafer sa robe. Puis, elle sauta à une autre idée.

— Croyez-vous! il m'a battue, battue, battue!... Et parce que, honteuse d'aller toujours en guenilles, je lui demandais cinq cents francs!

Lui, debout au milieu de la chambre, cherchait des paroles de conciliation. Elle avait tort de se faire tant de mauvais sang. Tout s'arrangerait. Enfin, timidement, il risqua une offre.

— Si vous êtes embarrassée pour quelque payement, pourquoi ne vous adressez-vous pas à vos amis? Je serais si heureux!... Oh! simplement un prêt. Vous me rendriez ça.

Elle le regardait. Après un silence, elle répondit:

— Jamais! c'est blessant... Que penserait-on, monsieur Octave?

Son refus était si ferme, qu'il ne fut plus question d'argent. Mais sa colère semblait tombée. Elle respira fortement, se mouilla le visage; et elle restait toute blanche, très calme, un peu lasse, avec de grands yeux résolus. Lui, devant elle, se sentait envahi de cette timidité d'amour, qu'il trouvait stupide en somme. Jamais il n'avait aimé si ardemment; la force de son désir rendait gauches ses grâces de beau commis. Tout en continuant à conseiller une réconciliation, en phrases vagues, il raisonnait nettement au fond, il se demandait s'il ne devait pas la prendre dans ses bras; mais la peur d'être refusé encore, le faisait défaillir. Elle, muette, le regardait toujours de son air décidé, le front coupé d'une mince ride qui se creusait.

— Mon Dieu! poursuivait-il, balbutiant, il faut de la patience... Votre mari n'est pas méchant... Si vous savez le prendre, il vous donnera ce que vous voudrez...

Et tous deux, derrière le vide de ces paroles, sentaient la même pensée les envahir. Ils étaient seuls, libres, à l'abri de toute surprise, le verrou poussé. Cette sécurité, la tiédeur enfermée de la chambre, les pénétraient.

Cependant, il n'osait pas ; son côté féminin, son sens de la femme s'affinait à cette minute de passion, au point de faire de lui la femme, dans leur approche. Alors, elle, comme si elle se fût souvenue d'anciennes leçons, laissa tomber son mouchoir.

— Oh ! pardon, dit-elle au jeune homme qui le ramassait.

Leurs doigts s'effleurèrent, ils furent rapprochés par cet attouchement d'une seconde. Maintenant, elle souriait tendrement, elle avait la taille souple, se rappelant que les hommes détestent les planches. On ne faisait pas la niaise, on permettait les enfantillages, sans en avoir l'air, si l'on voulait en pêcher un.

— Voilà la nuit qui vient, reprit-elle, en allant pousser la fenêtre.

Il la suivit, et là, dans l'ombre des rideaux, elle lui abandonna sa main. Elle riait plus fort, l'étourdissait de son rire perlé, l'enveloppait de ses jolis gestes ; et, comme il s'enhardissait enfin, elle renversa la tête, dégagea son cou, montra son cou jeune et délicat, tout gonflé de sa gaieté. Éperdu, il la baisa sous le menton.

— Oh! monsieur Octave! dit-elle, confuse, en affectant de le remettre à sa place d'une façon gentille.

Mais il l'empoigna, la jeta sur le lit qu'elle venait d'ouvrir ; et, dans son désir contenté, toute sa brutalité reparut, le dédain féroce qu'il avait de la femme, sous son air d'adoration câline. Elle, silencieuse, le subit sans bonheur. Quand elle se releva, les poignets cassés, la face contractée par souffrance, tout son mépris de l'homme était remonté dans le regard noir qu'elle lui jeta. Un silence régnait. On entendait seulement, derrière la porte, Saturnin faisant reluire les bottes du mari, à larges coups de brosse réguliers.

Cependant, Octave, dans l'étourdissement de son triomphe, songeait à Valérie et à madame Hédouin. Enfin, il était donc autre chose que l'amant de la petite Pichon ! C'était comme une réhabilitation à ses yeux. Puis, devant un mouvement pénible de Berthe, il éprouva un peu de honte, la baisa avec une grande douceur. Elle se remettait d'ailleurs, reprenait son visage d'insouciance résolue. D'un geste, elle sembla dire : « Tant pis ! c'est fait. » Mais elle sentit ensuite le besoin d'exprimer une pensée mélancolique.

— Si vous m'aviez épousée ! murmura-t-elle.

Il resta surpris, inquiet presque ; ce qui ne l'empêcha pas de murmurer, en la baisant encore :

— Oh! oui, comme ce serait bon!

Le soir, le dîner avec les Josserand fut d'un charme infini. Berthe jamais ne s'était montrée si douce. Elle ne dit pas un mot de la querelle à ses parents, elle accueillit son mari d'un air de soumission. Celui-ci, enchanté, prit Octave à part pour le remercier ; et il y apportait tant de chaleur, il lui serrait les mains en témoignant une si vive reconnaissance, que le jeune homme en fût gêné. D'ailleurs, tous l'accablaient de leur tendresse. Saturnin, très convenable à table, le regardait avec des yeux d'amour, comme s'il avait partagé la douceur de la faute. Hortense daignait l'écouter, tandis que madame Josserand lui versait à boire, pleine d'un encouragement maternel.

— Mon Dieu! oui, dit Berthe au dessert, je vais me remettre à la peinture... Il y a longtemps que je veux décorer une tasse pour Auguste.

Cette bonne pensée conjugale toucha beaucoup ce dernier. Sous la table, depuis le potage, Octave avait posé son pied sur celui de la jeune femme ; c'était comme une prise de possession, dans cette petite fête bourgeoise. Pourtant, Berthe n'était pas sans une sourde inquiétude devant Rachel, dont elle surprenait toujours le regard fouillant sa personne. Ça se voyait donc ? Une fille à renvoyer ou à acheter, décidément.

Mais M. Josserand, qui se trouvait près de sa fille, acheva de l'attendrir en lui glissant, derrière la nappe, dix-neuf francs, enveloppés dans du papier. Il s'était penché, il murmurait à son oreille :

— Tu sais, ça vient de mon petit travail... Si tu dois, il faut payer.

Alors, entre son père, qui lui poussait le genou, et son amant, qui frottait doucement sa bottine, elle se sentit pleine d'aise. La vie allait être charmante. Et tous se détendaient, goûtaient l'agrément d'une soirée passée en famille, sans dispute. En vérité, ce n'était pas naturel, quelque chose devait leur porter bonheur. Seul, Auguste avait les yeux tirés, envahi par une migraine, qu'il attendait d'ailleurs, à la suite de tant d'émotions. Même, vers neuf heures, il dut aller se coucher.

XIII

Depuis quelque temps, M. Gourd rôdait d'un air de mystère et d'inquiétude. On le rencontrait filant sans bruit, l'œil ouvert, l'oreille tendue, montant sans cesse les deux escaliers, où des locataires l'avaient même aperçu faisant des rondes de nuit. Certainement, la moralité de la maison le préoccupait; il y sentait comme un souffle de choses déshonnêtes qui troublait la nudité froide de la cour, la paix recueillie du vestibule, les belles vertus domestiques des étages.

Un soir, Octave avait trouvé le concierge sans lumière, immobile au fond de son couloir, collé contre la porte qui donnait sur l'escalier de service. Surpris, il l'interrogea.

— Je veux me rendre compte, monsieur Mouret, répondit simplement M. Gourd, en se décidant à aller se coucher.

— Le jeune homme resta très effrayé. Est-ce que le concierge soupçonnait ses rapports avec Berthe? Il les guettait peut-être. Leur liaison rencontrait de continuels obstacles, dans cette maison surveillée, et dont les locataires professaient les principes les plus rigides. Aussi ne pouvait-il approcher sa maîtresse que rarement, goûtant la seule joie, si elle sortait l'après-midi sans sa mère, de quitter le magasin sous un prétexte et de la rejoindre au fond de quelque passage écarté, où il la promenait à son bras, pendant une heure. Auguste, cependant, depuis la fin de juillet, découchait tous les mardis, pour aller à Lyon; car il avait eu la maladresse de prendre une part, dans une fabrique de soie qui périclitait. Mais Berthe, jusque-là, s'était refusée à profiter de cette nuit de liberté. Elle tremblait devant sa bonne, elle craignait qu'un oubli ne la livrât aux mains de cette fille.

Précisément, c'était un mardi soir qu'Octave découvrit M. Gourd, planté près de sa chambre. Cela redoublait ses inquiétudes. Depuis huit jours, il suppliait en vain Berthe de monter le retrouver, quand toute la maison dormirait. Le concierge avait-il donc deviné? Octave se coucha mécontent, tourmenté de crainte et de désir. Son amour s'irritait, tournait à la passion folle, et il se voyait avec colère tomber dans toutes les bêtises du cœur. Déjà, il ne pouvait rejoindre Berthe au fond des passages, sans lui acheter les choses qui l'arrêtaient devant les boutiques. Ainsi, la veille, passage de la Madeleine, elle avait regardé un petit chapeau d'un air si gourmand, qu'il était entré lui en faire cadeau : de la paille de riz, et rien qu'une guirlande de roses, quelque chose de délicieusement simple ; mais deux cents francs, il trouvait ça un peu raide.

Vers une heure, il s'endormait, après s'être longtemps retourné entre les draps, la peau en feu, lorsqu'il fut réveillé par de légers coups.

— C'est moi, souffla doucement une voix de femme.

C'était Berthe. Il ouvrit, la serra éperdument dans l'obscurité. Mais elle ne montait pas pour ça, il la vit très émotionnée, quand il eut rallumé sa bougie éteinte. La veille, n'ayant pas assez d'argent en poche, il n'avait pu payer le chapeau ; et, comme elle s'était oubliée, dans son contentement, jusqu'à donner son nom, on venait de lui envoyer une facture. Alors, tremblant qu'on ne se présentât le lendemain devant son mari, elle avait osé monter, encouragée par le grand silence de la maison, et certaine que Rachel dormait.

— Demain matin, n'est-ce pas? supplia-t-elle, en voulant s'échapper, il faut payer demain matin.

Mais il l'avait reprise entre ses bras.

— Reste!

Mal éveillé, frissonnant, il balbutiait à son cou, il l'attirait dans la tiédeur du lit. Elle, déshabillée, avait simplement gardé un jupon et une camisole; et il la sentait comme nue, ses cheveux déjà noués pour la nuit, ses épaules encore tièdes du peignoir dont elle sortait.

— Bien vrai, je te renverrai au bout d'une heure... Reste!

Elle resta. La pendule, lentement, sonnait les heures, dans la volupté chaude de la chambre ; et à chaque tintement du timbre, il la retenait avec des supplications si tendres, qu'elle en demeurait brisée, sans force. Puis, vers quatre heures, comme elle allait enfin redescendre, ils s'endormirent aux bras l'un de l'autre, profondément. Quand ils ouvrirent les yeux, le plein jour entrait par la fenêtre, il était neuf heures, Berthe poussa un cri.

— Mon Dieu! je suis perdue!

Ce fut une minute de confusion. Elle avait sauté du lit, les yeux fermés

Quand elle se releva, les poignets cassés, tout son mépris de l'homme était remonté dans le regard noir qu'elle lui jeta (p. 285)

de lassitude et de sommeil, les mains tâtonnantes, ne voyant rien, s'habillant de travers, avec des exclamations étouffées. Lui, pris d'un égal désespoir, s'était jeté devant la porte, pour l'empêcher de sortir ainsi vêtue, à une pareille heure. Devenait-elle folle? du monde la rencontrerait dans l'escalier, c'était trop dangereux; il fallait réfléchir, imaginer un moyen de descendre sans être aperçue. Mais elle, avec obstination, voulait s'en aller, simplement; et elle revenait se buter contre la porte, qu'il défendait. Enfin, il songea à l'escalier de service. Rien de plus commode: elle rentrerait vivement par sa cuisine. Seulement, comme Marie Pichon, le matin, était toujours dans le couloir, l'idée vint au jeune homme de l'occuper, par prudence, pendant que l'autre s'échapperait. Il passa rapidement un pantalon et un paletot.

— Mon Dieu? que c'est long! balbutiait Berthe, qui souffrait maintenant dans cette chambre, comme dans un brasier.

Enfin, Octave sortit de son pas tranquille de tous les jours, et il fut surpris de trouver Saturnin installé chez Marie, la regardant tranquillement faire son ménage. Le fou aimait à se réfugier ainsi près d'elle comme autrefois, heureux de l'oubli où elle le laissait, certain de ne pas être bousculé. Du reste, il ne la gênait pas, elle le tolérait volontiers, bien qu'il manquât de conversation; c'était une compagnie tout de même, et elle se mettait à chanter sa romance d'une voix basse et mourante.

— Tiens! vous êtes avec votre amoureux, dit Octave, en manœuvrant de façon à tenir la porte fermée derrière son dos.

Marie devint pourpre. Oh! ce pauvre monsieur Saturnin! si c'était possible! Lui qui avait l'air de souffrir, lorsqu'on lui touchait la main, par hasard! Et le fou, d'ailleurs, se fâcha. Il ne voulait pas être amoureux, jamais, jamais! Les gens qui diraient ce mensonge à sa sœur, auraient affaire à lui. Octave, étonné de sa brusque irritation, dut le calmer.

Pendant ce temps, Berthe se glissait dans l'escalier de service. Elle avait deux étages à descendre. Dès la première marche, un rire aigu qui sortait de la cuisine de madame Juzeur, au-dessous, l'arrêta; et, tremblante, elle se tint près de la fenêtre du palier, grande ouverte sur l'étroite cour. Alors, des voix éclatèrent, le flot des ordures du matin montait, dégorgeait du boyau empesté. C'étaient les bonnes qui, furieusement, empoignaient la petite Louise, en l'accusant d'aller les regarder par le trou de la serrure, dans leur chambre, quand elles se couchaient. Pas quinze ans, une morveuse, quelque chose de propre! Louise riait, riait plus fort. Elle ne niait pas, elle connaissait le derrière d'Adèle, oh! non, fallait voir ça! Lisa était rien maigre, Victoire avait un ventre crevé comme un vieux tonneau. Et, pour la faire taire, toutes redoublaient de mots abominables. Puis, ennuyées d'avoir été déshabillées ainsi, les unes devant les autres, tourmentées du besoin de se défendre, elles se vengèrent sur leurs dames, en les déshabillant à leur tour. Merci! Lisa avait beau être maigre, elle ne l'était pas au point de l'autre madame Campardon, une jolie peau de requin, un vrai régal d'architecte; Victoire se contentait de souhaiter à toutes les Vabre, les Duveyrier et les Josserand du monde, un ventre aussi bien conservé que le sien, si elles atteignaient son âge; quant à Adèle, elle n'aurait bien sûr pas donné son derrière pour ceux des demoiselles de madame, des machines de rien du tout! Et Berthe, immobile, effarée, recevait au visage la vidure des cuisines, n'ayant jamais soupçonné cet égout, surprenant pour la première fois le linge sale de la domesticité, à l'heure où les maîtres se débarbouillent.

Mais, brusquement, une voix cria :

— V'la monsieur pour son eau chaude!

Et des fenêtres se fermèrent, des portes battirent. Il se fit un silence de mort. Berthe n'osait encore bouger. Comme elle descendait enfin, l'idée lui vint que Rachel devait être dans sa cuisine, à l'attendre. Ce fut une nouvelle angoisse. Elle redoutait de rentrer maintenant, elle aurait préféré gagner la rue, fuir au loin, pour toujours. Cependant, elle entrebâilla la porte, et elle fut soulagée, en n'apercevant pas la bonne. Alors, prise d'une joie d'enfant à se sentir chez elle, sauvée, elle gagna rapidement sa chambre. Mais, là, devant le lit, qui n'avait pas été défait, Rachel était debout. Elle regardait le lit; puis, elle regarda madame, avec son visage muet. Dans le premier saisissement, la jeune femme perdit la tête jusqu'à s'excuser, à parler d'une indisposition de sa sœur. Elle balbutiait, et tout d'un coup, effrayée de la pauvreté de son mensonge, comprenant bien que c'était fini, elle fondit en larmes. Tombée sur une chaise, elle pleurait, elle pleurait.

Cela dura une grande minute. Pas un mot ne fut échangé; seuls, les sanglots troublaient le calme profond de la chambre. Rachel, exagérant sa discrétion, gardant son air froid de fille qui sait tout, mais qui ne lâche rien, avait tourné le dos et affectait de rouler les oreillers, comme si elle achevait de faire le lit. Enfin, lorsque madame, de plus en plus bouleversée par ce silence, montra un désespoir trop bruyant, la bonne, en train d'essuyer, dit simplement d'une voix respectueuse :

— Madame a bien tort de se gêner, monsieur n'est pas si bon.

Berthe cessa de pleurer. Elle paierait cette fille, voilà tout. Sans attendre, elle lui donna vingt francs. Puis, cela lui parut mesquin; et, inquiète déjà, ayant cru lui voir pincer les lèvres d'un air dédaigneux, elle la rejoignit dans la cuisine, la ramena pour lui faire cadeau d'une robe presque neuve.

Au même instant, Octave, de son côté, était repris de terreur, à propos de M. Gourd. Comme il sortait de chez les Pichon, il l'avait trouvé immobile ainsi que la veille, en train de guetter derrière la porte de l'escalier de service. Il le suivit, sans même oser lui adresser la parole. Le concierge, gravement, redescendait le grand escalier. A l'étage au-dessous, il tira une clef de sa poche, entra dans la chambre louée au monsieur distingué, qui venait, y travailler une nuit chaque semaine. Et, par la porte un moment ouverte, Octave vit nettement cette chambre, toujours close comme une tombe. Elle était, ce matin-là, dans un terrible désordre, le monsieur ayant sans doute travaillé la veille : un grand lit aux draps arrachés, une armoire à glace vide où l'on apercevait un reste de homard et des bouteilles entamées, deux cuvettes sales traînant, l'une devant le lit, l'autre sur une chaise. Tout de suite, M. Gourd, de son air froid de magistrat retraité, s'était mis à vider et à rincer les cuvettes.

En courant au passage de la Madeleine payer le chapeau, le jeune homme se débattit dans une incertitude douloureuse. Enfin, lorsqu'il rentra, il résolut de faire causer les concierges. Madame Gourd, devant la fenêtre ouverte de la loge, entre deux pots de fleurs, prenait l'air, allongée au fond de son grand fauteuil. Près de la porte, debout, la mère Pérou attendait, la mine humble et effarée.

— Vous n'avez pas de lettre pour moi? demanda Octave, comme entrée en matière.

Justement, M. Gourd descendait de la chambre du troisième. Ce ménage était le seul travail qu'il eût conservé dans la maison; et il se montrait flatté de la confiance du monsieur, qui le payait très cher, à la condition que les cuvettes ne passeraient point par d'autres mains.

— Non, monsieur Mouret, rien du tout, répondit-il.

Il avait bien aperçu la mère Pérou, mais il affectait de ne pas la voir. La veille, il s'était emporté contre elle jusqu'à la flanquer dehors, pour un seau d'eau répandu au milieu du vestibule. Et elle venait chercher son argent, prise d'un tremblement devant lui, se reculant dans les murs avec humilité.

Pourtant, comme Octave s'attardait à faire l'aimable avec madame Gourd, le concierge se tourna brutalement vers la vieille femme.

— Alors, il faut vous payer... Qu'est-ce qu'on vous doit?

Mais madame Gourd l'interrompit.

— Chéri, regarde donc, voilà encore cette fille et son affreuse bête.

C'était Lisa qui, depuis quelques jours, avait ramassé un épagneul sur un trottoir. De là, de continuelles discussions avec les concierges. Le propriétaire ne voulait pas de bêtes dans la maison. Non, pas de bêtes et pas de femmes ! Déjà la cour était interdite au petit chien ; il pouvait bien faire dehors. Comme la pluie tombait depuis le matin, et qu'il rentrait les pattes trempées, M. Gourd se précipita, en criant :

— Je ne veux pas qu'il monte, entendez-vous !... Prenez-le dans vos bras.

— Tiens ! pour me salir ! dit Lisa insolente. En v'la un malheur, s'il mouillait un peu l'escalier de service !... Va, mon loulou.

M. Gourd voulut le saisir, faillit glisser, s'emporta contre ces saletés de bonnes. Toujours, il était en guerre avec elles, tourmenté d'une rage d'ancien domestique, qui se fait servir à son tour. Mais, du coup, Lisa revint sur lui, et avec le bagou d'une fille grandie dans les ruisseaux de Montmartre :

— Eh ! dis donc, veux-tu me lâcher, larbin dégommé !... Va donc vider les pots de chambre de monsieur le duc !

C'était la seule injure qui réduisit M. Gourd au silence. Les bonnes en abusaient. Il rentra frémissant, mâchant de sourdes paroles, disant que sans doute il était fier d'avoir servi chez monsieur le duc, et qu'elle n'y serait pas seulement restée deux heures, elle, cette pourriture ! Puis, il tomba sur la mère Pérou, qui tressaillit.

— Qu'est-ce qu'on vous doit à la fin !... Hein ? vous dites douze francs soixante-cinq... Mais ce n'est pas possible ! Soixante-trois heures à vingt centimes l'heure... Ah ! vous comptez un quart d'heure. Jamais de la vie ! Je vous ai prévenue, je ne paie pas les quarts d'heure commencés.

Et il ne lui donna pas encore son argent, il la laissa terrifiée, pour se mêler à la conversation de sa femme et d'Octave. Celui-ci, adroitement, parlait des tracas que devait leur causer une maison pareille, tâchant ainsi de les mettre sur le chapitre des locataires. Il devait se passer derrière les portes tant de choses étranges ! Alors, le concierge intervint, avec sa gravité.

— Ce qui nous regarde, nous regarde, monsieur Mouret, et ce qui ne nous regarde pas, ne nous regarde pas... Tenez ! voilà une chose, par exemple, qui me met hors de moi. Voyez ça, voyez ça !

Et, le bras tendu, il montrait sous la voûte la piqueuse de bottines, cette grande fille pâle qui était entrée dans la maison, en plein enterrement. Elle marchait avec peine, poussant devant elle un ventre énorme de femme enceinte, exagéré encore par la maigreur maladive de son cou et de ses jambes.

— Quoi donc ? demanda Octave naïvement.

— Comment ! vous ne voyez pas... Ce ventre ! ce ventre !

C'était ce ventre qui exaspérait M. Gourd. Un ventre de fille pas mariée, qu'elle avait apporté on ne savait d'où, car elle était toute plate en donnant le denier à Dieu! Oh! sans cela, certes, jamais on ne lui aurait loué. Et son ventre avait grossi sans mesure, hors de toute proportion.

— Vous comprenez, monsieur, expliquait le concierge, mon ennui et celui du propriétaire, le jour où je me suis aperçu de la chose. Elle aurait dû prévenir, n'est-ce pas? on ne s'introduit pas chez les gens, avec une affaire pareille cachée sous la peau... Mais, dans les commencements, ça se voyait à peine, c'était possible, je ne disais trop rien. Enfin, j'espérais qu'elle y mettrait de la discrétion. Ah bien! oui, je la surveillais, il poussait à vue d'œil, il me consternait par ses progrès rapides. Et, regardez, regardez aujourd'hui! elle ne tente rien pour le contenir, elle le lâche... Le porche n'est plus assez large pour elle!

D'un bras tragique, il la montrait toujours, pendant qu'elle se dirigeait vers l'escalier de service. Le ventre, maintenant, lui semblait jeter son ombre sur la propreté froide de la cour, et jusque sur les faux marbres et les zincs dorés du vestibule. C'était lui qui s'enflait, qui emplissait l'immeuble d'une chose déshonnête, dont les murs gardaient un malaise. A mesure qu'il avait poussé, il s'était produit comme une perturbation dans la moralité des étages.

— Ma parole d'honneur! monsieur, si ça devait continuer, nous aimerions mieux nous retirer chez nous, à Mort-la-Ville, n'est-ce pas? madame Gourd; car Dieu merci! nous avons de quoi vivre, nous n'attendons après personne... Une maison comme la nôtre affichée par un ventre pareil! car il l'affiche, monsieur; oui, on le regarde, quand il entre!

— Elle a l'air très souffrant, dit Octave en la suivant des yeux, sans trop oser la plaindre. Je la vois toujours si triste, si pâle, dans un tel abandon... Mais elle a un amant sans doute.

Ici, M. Gourd eut un sursaut violent.

— Nous y voilà! Entendez-vous, madame Gourd? monsieur Mouret est aussi d'avis qu'elle a un amant. C'est clair, des choses comme ça ne poussent pas toutes seules... Eh bien! monsieur, il y a deux mois que je la guette, et je n'ai pas encore aperçu l'ombre d'un homme. Faut-il qu'elle ait du vice! Ah! si je trouvais son particulier, comme je te le jetterais dehors! Mais je ne le trouve pas, c'est ça qui me ronge.

— Il ne vient peut-être personne, hasarda Octave.

Le concierge le regarda, surpris.

— Ce ne serait pas naturel. Oh! je m'entêterai; je le pincerai. J'ai encore six semaines, car je lui ai fait flanquer congé pour octobre... La voyez-vous accoucher ici! Et, vous savez, monsieur Duveyrier a beau s'indigner en exigeant qu'elle aille faire ça dehors, je ne dors plus tranquille, car elle peut très bien nous jouer la mauvaise farce de ne pas attendre jusque-là... En somme, toutes ces catastrophes étaient évitées sans ce vieux grigou de père Vabre. Pour toucher cent trente francs de plus, et malgré mes conseils! Le menuisier aurait dû lui suffire de leçon. Pas du tout, il a voulu louer à une piqueuse de bottines. Vas-y donc, pourris ta maison avec des ouvriers, loge du sale monde qui travaille!... Quand on a du peuple chez soi, monsieur, voilà ce qui vous pend au bout du nez!

Et, le bras tendu encore, il montrait le ventre de la jeune femme qui disparaissait difficilement dans l'escalier de service. Madame Gourd dut le calmer : il prenait trop à cœur la propreté de la maison, il se ferait du mal. Alors, la mère Pérou ayant osé manifester sa présence en toussant avec discrétion, il retomba sur elle, lui rabattit carrément le sou du quart d'heure qu'elle réclamait. Elle emportait enfin ses douze francs soixante, lorsqu'il lui offrit de la reprendre, mais à trois sous l'heure seulement. Elle se mit à pleurer, elle accepta.

— Je trouverai toujours du monde, disait-il. Vous n'êtes plus assez forte, vous n'en faites pas pour deux sous.

Octave, en remontant un instant à sa chambre, se sentit rassuré. Au troisième, il rejoignit madame Juzeur qui rentrait. Tous les matins maintenant, elle était obligée de descendre à la recherche de Louise, égarée chez les fournisseurs.

— Comme vous passez fier, dit-elle avec son fin sourire. On voit bien qu'on vous gâte ailleurs.

Ce mot réveilla les inquiétudes du jeune homme. Il la suivit au fond de son salon, en affectant de plaisanter. Un seul des rideaux était entr'ouvert, les tapis et les portières assoupissaient encore ce jour d'alcôve; et, dans cette pièce d'une mollesse d'édredon, les bruits du dehors mettaient à peine un bourdonnement. Elle l'avait fait asseoir près d'elle, sur le canapé bas et large. Mais, comme il ne lui prenait pas la main pour la baiser, elle demanda d'un air malicieux :

— Vous ne m'aimez donc plus?

Il rougit, il protesta qu'il l'adorait. Alors, elle lui donna sa main d'elle-même, en retenant de petits rires; et il dut la porter à ses lèvres, afin de détourner ses soupçons, si elle en avait. Mais, tout de suite, elle la retira.

— Non, non, vous avez beau vous exciter, ça ne vous fait pas plaisir... Oh! je le sens, et d'ailleurs c'est si naturel!

Quoi? que voulait-elle dire? Il la saisit par la taille, il la pressa de questions. Mais elle ne répondait pas, elle s'abandonnait à son étreinte, en refusant de la tête. Pour la décider à parler, il la chatouilla.

— Dame! finit-elle par murmurer, puisque vous en aimez une autre.

C'était ce ventre qui exaspérait M. Gourd (p. 294.)

Elle nomma Valérie, elle lui rappela le soir où il la mangeait des yeux, chez les Josserand. Puis, comme il jurait ne pas l'avoir eue, elle reprit avec son rire qu'elle le savait bien, qu'elle le taquinait. Seulement, il en avait eu une autre; et, cette fois elle nomma madame Hédouin, s'égayant davantage, s'amusant de ses protestations plus énergiques. Qui alors? c'était donc Marie Pichon? ah! celle-là, il ne pouvait nier. Il nia, pourtant; mais elle hochait la tête, elle assurait que son petit doigt ne mentait jamais. Et, pour lui arracher ces noms de femme, il devait redoubler de caresses, les lui tirer d'un frisson de tout son corps.

Cependant, elle n'avait pas nommé Berthe. Il la lâchait, lorsqu'elle reprit :

— Maintenant, il y a la dernière

— Quelle dernière? demanda-t-il anxieux.

La bouche pincée, elle s'obstina de nouveau à n'en pas dire davantage, tant qu'il ne lui eut pas desserré les lèvres d'un baiser. Vraiment, elle ne pouvait lui nommer la personne, car c'était elle qui avait eu la première idée du mariage; et elle contait l'histoire de Berthe, sans prononcer son nom. Alors, il avoua tout, dans son cou délicat, goûtant à cet aveu une jouissance lâche. Était-il drôle, de se cacher d'elle! Il la croyait jalouse peut-être. Pourquoi aurait-elle été jalouse? elle ne lui avait rien accordé, n'est-ce pas? Oh! des petites bêtises, des enfantillages comme en ce moment, mais jamais ça! Enfin, elle était une femme honnête, elle le querellait presque de l'avoir soupçonnée de jalousie.

Lui, la gardait renversée entre ses bras. Prise de langueur, elle fit allusion au cruel qui l'avait plantée là, après une semaine de mariage. Une femme malheureuse comme elle en savait trop sur les orages du cœur! Depuis longtemps, elle avait deviné ce qu'elle appelait « les machines » d'Octave; car il ne pouvait se donner un baiser dans la maison, sans qu'elle l'entendît. Et, au fond du large canapé, tous deux en étaient arrivés à une bonne causerie intime, qu'ils coupaient, sans y penser, de chatteries promenées un peu partout. Elle le traitait de grand nigaud, car il avait raté Valérie par sa faute; elle la lui aurait fait avoir tout de suite, s'il était simplement entré demander un conseil. Ensuite, elle le questionnait sur cette petite Pichon, des jambes affreuses et rien là-dedans, pas vrai? Mais elle revenait toujours à Berthe, elle la trouvait charmante, une peau superbe, un pied de marquise. A ce jeu, elle dut le repousser bientôt.

— Non, laissez-moi, il faudrait être sans principes, par exemple!... D'ailleurs, ça ne vous ferait pas plaisir. Hein? vous dites que si. Oh! c'est histoire de me flatter. Ce serait trop vilain, si ça vous faisait plaisir... Gardez ça pour elle. Au revoir, mauvais sujet!

Et elle le renvoya, en exigeant de lui le serment solennel de venir se confesser souvent, sans rien cacher, s'il voulait qu'elle prît la direction de son cœur.

Octave la quitta tranquillisé. Elle lui avait rendu sa belle humeur, elle l'amusait, avec la complication de sa vertu. En bas, dès qu'il entra dans le magasin, il rassura d'un signe Berthe, dont les yeux l'interrogeaient au sujet du chapeau. Alors, toute la terrible aventure du matin fut oubliée. Quand Auguste revint, un peu avant le déjeuner, il les trouva comme tous les jours, Berthe ennuyée sur la banquette de la caisse, Octave occupé à métrer galamment de la faille pour une dame.

Mais, à partir de ce jour, les deux amants eurent des rendez-vous plus rares encore. Lui, très ardent, se désespérait, la poursuivait dans les coins, avec de continuelles sollicitations, des demandes de rencontres, quand elle voudrait, n'importe où. Elle, au contraire, d'une indifférence de fille grandie en serre chaude, ne semblait aimer de l'amour coupable que les sorties furtives, les cadeaux, les plaisirs défendus, les heures chères passées en voiture, au théâtre, dans les restaurants. Toute son éducation repoussait, son appétit d'argent, de toilette, de luxe gâché; et elle en était bientôt venue à être lasse de son amant comme de son mari, le trouvait lui aussi trop exigeant pour ce qu'il donnait, tâchait avec une tranquille inconscience de ne pas lui faire son poids de bonheur. Aussi, exagérant ses craintes, refusait-elle sans cesse : chez lui, jamais plus! elle serait morte de peur ; chez elle, c'était impossible, on pouvait les surprendre; puis, la maison mise de côté, lorsqu'il la conjurait, dehors, de se laisser conduire pour une heure dans une chambre d'hôtel, elle se mettait à pleurer, elle lui disait que, vraiment, il fallait qu'il la respectât bien peu. Cependant, les dépenses allaient leur train, ses caprices s'accentuaient; après le chapeau, elle avait désiré un éventail en point d'Alençon, sans compter ses envies de petits riens coûteux, au hasard des boutiques. S'il n'osait encore refuser, il était repris de son avarice, devant la débâcle de ses économies. En garçon pratique, il finissait par trouver stupide de toujours payer, quand elle, de son côté, ne lui livrait que son pied, sous la table. Décidément, Paris lui portait malheur : d'abord, des échecs; ensuite, ce coup de cœur imbécile, qui vidait sa bourse. Certes, on ne pouvait l'accuser d'arriver par les femmes. Il en tirait maintenant un honneur comme consolation, dans la rage inavouée de son plan si maladroitement mené jusque-là.

Auguste, pourtant, ne les gênait guère. Depuis les mauvaises affaires de Lyon, il était ravagé davantage encore par ses migraines. Berthe, le premier du mois, avait éprouvé un saisissement de bonheur, en le voyant mettre, le soir, sous la pendule de la chambre à coucher, trois cents francs pour sa toilette; et, malgré la réduction sur la somme exigée par elle, comme elle désespérait d'en obtenir jamais le premier sou, elle se jeta dans ses bras, toute chaude de reconnaissance. Le mari eut, en cette occasion, une nuit de gentillesse comme l'amant n'en avait point.

Septembre s'écoula de la sorte, dans le grand calme de la maison vidée par l'été. Les gens du deuxième se trouvaient aux bains de mer, en Espagne; ce qui faisait hausser les épaules de M. Gourd, plein de pitié : des embarras ! comme si les personnes les plus distinguées ne se contentaient pas de Trouville ! Les Duveyrier, depuis les vacances de Gustave, étaient à leur propriété de Villeneuve-Saint-Georges. Même les Josserand allèrent passer quinze jours chez un ami, près de Pontoise, en laissant se répandre la rumeur qu'ils partaient pour une ville d'eau. Ce vide, les appartements déserts, l'escalier dormant dans plus de silence, semblaient à Octave offrir moins de danger; et il discuta, il fatigua Berthe, qui le reçut enfin chez elle, un soir, pendant un voyage d'Auguste à Lyon. Mais ce rendez-vous faillit mal tourner encore; madame Josserand, rentrée de l'avant-veille, eut une telle indigestion, au retour d'un dîner en ville, qu'Hortense, inquiète, descendit chercher sa sœur. Heureusement Rachel achevait de récurer ses cuivres, et elle put faire échapper le jeune homme par l'escalier de service. Les jours suivants, Berthe abusa de cette alerte pour tout refuser de nouveau. D'ailleurs, ils commirent la faute de ne pas récompenser la bonne; elle les servait, de son air froid, avec son respect supérieur de fille qui n'entend ni ne voit rien : seulement, comme madame pleurait sans cesse après l'argent, et comme monsieur Octave dépensait déjà trop en cadeaux, elle pinçait de plus en plus les lèvres, dans cette baraque où l'amant de la bourgeoise ne lui aurait pas lâché dix sous, quand il couchait. S'ils croyaient l'avoir achetée jusqu'à la fin des siècles, pour vingt francs et une robe, ah bien ! non, ils se trompaient : elle s'estimait plus cher que ça ! Dès lors, elle se montra moins complaisante, elle cessa de fermer les portes derrière eux, sans qu'ils eussent conscience de sa mauvaise humeur ; car on n'est pas en train de donner des pourboires, lorsque, furieux de ne savoir où aller s'embrasser, on en arrive aux querelles, là-dessus. Et la maison élargissait son silence, et Octave, toujours à la recherche d'un coin de sécurité, y rencontrait partout M. Gourd, guettant les choses déshonnêtes dont frissonnaient les murs, filant sans bruit, hanté par des ventres de femmes enceintes.

Madame Juzeur, cependant, pleurait avec ce mignon, mourant d'amour, qui ne pouvait voir la dame ; et elle lui prodiguait les plus sages conseils. Les désirs d'Octave en vinrent au point qu'un jour il songea à la supplier de lui prêter son appartement ; sans doute elle n'aurait pas refusé, mais il craignit de révolter Berthe, en avouant ses indiscrétions. Il avait bien projeté également d'utiliser Saturnin; peut-être le fou les garderait-il ainsi qu'un chien fidèle, dans quelque chambre perdue; seulement, il montrait des humeurs fantastiques, tantôt accablant de caresses gênantes l'amant de sa sœur, tantôt le boudant, lui jetant des regards soupçonneux, allumés d'une brusque haine. On aurait dit des accès de jalousie, toute une jalousie nerveuse et violente de femme. Il la lui témoignait surtout depuis qu'il le trouvait parfois le matin, chez la petite Pichon, en train de rire. Maintenant, en effet, Octave ne passait plus devant la porte de Marie sans entrer, repris d'un singulier goût, d'un coup de passion, qu'il ne s'avouait même pas ; il adorait Berthe, il la désirait follement, et dans ce besoin de l'avoir, renaissait pour l'autre une tendresse infinie, un amour dont il n'avait jamais éprouvé la douceur, au temps de leur liaison. C'était un charme continuel à la regarder, à la toucher, des plaisanteries, des taquineries, les jeux de main d'un homme qui voudrait reprendre une femme, avec la secrète gêne d'aimer ailleurs. Et, ces jours-là, quand Saturnin le surprenait pendu aux jupes de Marie, il le menaçait de ses yeux de loup, prêt à mordre, ne lui pardonnant, ne revenant lui baiser les doigts, en bête soumise, que lorsqu'il le revoyait auprès de Berthe, fidèle et tendre.

Enfin, comme septembre finissait et que les locataires étaient sur le point de rentrer, Octave, dans son tourment, conçut une idée folle. Justement, Rachel, dont une sœur se mariait en province, avait demandé la permission de découcher, un mardi que monsieur devait se rendre à Lyon; et il s'agissait, simplement, de passer la nuit dans la chambre de la bonne, où personne au monde n'aurait l'idée d'aller les chercher. Berthe, blessée, marqua d'abord la plus verte répugnance; mais il la conjurait avec des larmes, il parlait de quitter Paris où il souffrait trop, il la troublait et la lassait de tant d'arguments, que, la tête perdue, elle finit par consentir. Tout fut réglé. Le mardi soir, après le dîner, ils prirent une tasse de thé chez les Josserand, afin d'écarter les soupçons. Il y avait là Trublot, Gueulin, l'oncle Bachelard; même, très tard, on vit arriver Duveyrier, qui venait parfois coucher rue de Choiseul, en alléguant des affaires matinales. Octave affecta de causer librement avec ces messieurs; puis, comme minuit sonnait, il s'échappa, monta s'enfermer dans la chambre de Rachel, où Berthe devait le rejoindre une heure après, quand la maison dormirait.

Là-haut, des soucis de ménage l'occupèrent pendant la première demi-heure. Pour vaincre la répulsion de la jeune femme, il avait promis de changer les draps et d'apporter lui-même tout le linge nécessaire. Il refit donc le lit, longuement, maladroitement, avec la peur d'être entendu. Ensuite, comme Trublot, il s'assit sur une malle, il tâcha de patienter. Les bonnes montaient se coucher, une à une; et c'étaient, à travers les cloisons minces, des bruits de femmes qui se déshabillent et se soulagent. Une heure sonna, puis le quart, puis la demie. L'inquiétude le prenait, pourquoi se faisait-elle attendre? Elle avait dû quitter les Josserand vers une heure au plus tard; le temps de rentrer chez elle et de ressortir par l'escalier de service, cela ne demandait pas dix minutes. Quand deux heures sonnèrent, il imagina des catastrophes. Enfin, il eut un soupir de contentement, en croyant reconnaître son pas. Et il ouvrit, pour l'éclairer. Mais une surprise l'immobilisa. Devant la porte d'Adèle, Trublot, plié en deux, regardait par le trou de la serrure. Il se releva, effrayé de cette brusque lumière.

— Comment! encore vous! murmura Octave contrarié.

Trublot se mit à rire, sans paraître le moins du monde étonné de le trouver là, à une pareille heure de nuit.

— Imaginez-vous, expliqua-t-il très bas, cette bête d'Adèle ne m'a pas donné sa clef; alors, comme elle est allée retrouver Duveyrier, dans son appartement... Hein? qu'avez-vous? Ah! vous ne saviez pas que Duveyrier couchait avec. Parfaitement, mon cher! Il s'est bien remis avec sa femme, qui se résigne de temps à autre; seulement elle le rationne, et il est tombé sur Adèle... C'est commode, quand il vient à Paris.

Il s'interrompit, se baissa de nouveau, puis ajouta entre ses dents :

— Non, personne! il la garde plus longtemps que l'autre fois.... Quelle sacrée fille sans cervelle! Si elle m'avait donné la clef au moins, je l'aurais attendue au chaud, dans son lit.

Alors, il regagna le grenier où il s'était réfugié, emmenant avec lui Octave, qui désirait d'ailleurs le questionner sur la fin de la soirée, chez les Josserand. Mais il ne le laissa pas ouvrir la bouche, il revint tout de suite à Duveyrier, dans l'obscurité d'un noir d'encre, alourdie sous les poutres. Oui, cet animal avait d'abord voulu Julie; seulement, celle-là était trop propre, et du reste, là-bas, à la campagne, elle en tenait pour le petit Gustave, un galopin de seize ans qui promettait. Alors, mouché de ce côté, le conseiller, n'osant prendre Clémence à cause d'Hippolyte, avait jugé sans doute plus convenable d'en choisir une en dehors de son ménage. Et on ne savait ni où ni comment il s'était jeté sur Adèle : sans doute derrière une porte, dans un courant d'air, car cette grosse bête de souillon empochait les hommes comme les gifles, l'échine tendue, et ce n'était certes pas au propriétaire qu'elle aurait osé faire une impolitesse.

— Depuis un mois, il ne manque pas un des mardis des Josserand, dit Trublot. Ça me gêne... Faudra que je lui retrouve Clarisse, pour qu'il nous fiche la paix.

Octave put enfin l'interroger sur la fin de la soirée. Berthe avait quitté sa mère avant minuit, l'air très tranquille. Sans doute il allait la trouver dans la chambre de Rachel. Mais Trublot, heureux de la rencontre, ne le lâchait plus.

— C'est idiot, de me laisser droguer si longtemps, continuait-il. Avec ça, je dors debout. Mon patron m'a mis à la liquidation : trois nuits par semaine où l'on ne se couche pas, mon cher... Si encore Julie était là, elle me ferait bien une petite place. Mais Duveyrier n'amène qu'Hippolyte de la campagne. Et, à propos, vous connaissez Hippolyte, le grand vilain gendarme qui est avec Clémence! Eh bien! je viens de le voir en chemise se glisser chez Louise, ce laideron d'enfant trouvée dont madame Juzeur veut sauver l'âme. Hein? un joli succès pour madame. Tout ce que vous voudrez, mais pas ça!... Un avorton de quinze ans, un paquet sale ramassé sous une porte, en voilà un morceau pour ce gaillard osseux, aux mains humides, qui a des épaules de taureau! Moi, je m'en fiche, et ça me dégoûte tout de même.

Cette nuit-là, Trublot, ennuyé, était plein d'aperçus philosophiques. Il murmura :

— Dame! tel maître, tel valet... Quand les propriétaires donnent l'exemple, les larbins peuvent bien avoir des goûts pas honnêtes. Ah! tout fout le camp en France, décidément!

— Adieu, je vous quitte, dit Octave.

Trublot le retint encore. Il énumérait les chambres des bonnes où il aurait pu coucher, si l'été n'avait pas vidé la maison. Le pis était que toutes fermaient leurs portes à double tour, même pour aller simplement au bout du corridor, tellement elles craignaient entre elles d'être volées. Rien à à faire chez Lisa, dont les goûts lui semblaient drôles. Il ne poussait pas jusqu'à Victoire, qui pourtant, dix ans plus tôt, aurait encore fait ses choux gras. Et il déplora surtout la rage de Valérie à changer de cuisinière. Ça devenait insupportable. Il les comptait sur ses doigts, tout un défilé galopait : une qui avait exigé du chocolat le matin; une qui s'en était allée parce que monsieur ne mangeait pas proprement; une que la police était venue prendre, comme elle mettait au feu un morceau de veau; une qui ne pouvait rien toucher sans le casser, tellement elle avait de la force; une qui prenait une bonne pour la servir; une qui sortait avec les robes de madame et qui avait giflé madame, le jour où madame s'était permis une observation. Tout ça en un mois! Pas même le temps d'aller les pincer dans leur cuisine!

— Et puis, ajouta-t-il, il y a eu Eugénie. Vous avez dû la remarquer, une grande belle fille, une Vénus, mon cher! mais sans blague, cette fois : on se retournait dans la rue pour la regarder... Alors, pendant dix jours, la maison a été en l'air. Ces dames étaient furieuses. Les hommes ne tenaient

Puisqu'on t'aime, grosse bête, laisse-toi aimer! (p. 308.)

plus : Campardon tirait la langue, Duveyrier avait trouvé le truc de monter tous les jours ici, pour voir si des fuites ne se produisaient pas dans la toiture. Une vraie révolution, un allumage dont leur sacrée baraque flambait des caves aux greniers... Moi, je me suis méfié. Elle était trop chic! Croyez-moi, mon cher, laides et bêtes, pourvu qu'on en ait plein les bras : voilà mon opinion, par principe et par goût... Et quel nez j'ai eu! Eugénie a fini par être flanquée dehors, le jour où madame s'est aperçue, à ses draps, noirs comme de la suie, qu'elle recevait chaque matin le charbonnier de la place Gaillon; des draps de nègre dont le blanchissage coûtait les yeux de la tête! Mais qu'est-il arrivé? Le charbonnier en a été très malade, et le cocher des gens du second, laissé ici par ses maîtres, ce butor de cocher qui les prend toutes, a étrenné également, au point qu'il en tire encore la jambe. Celui-là je ne le plains pas, il m'embête!

Enfin, Octave put se dégager. Il laissait Trublot dans l'obscurité profonde du grenier, lorsque ce dernier s'étonna brusquement.

— Mais vous, que fichez-vous donc, chez les bonnes?... Ah! scélérat, vous y venez!

Et il riait d'aise. Il promit le secret, le renvoya avec le souhait d'une nuit agréable. Lui, résolûment, attendrait ce torchon d'Adèle, qui ne savait plus s'en aller, quand elle était avec un homme. Duveyrier n'oserait peut-être pas la garder jusqu'au jour.

De retour dans la chambre de Rachel, Octave éprouva une nouvelle déception. Berthe ne s'y trouvait pas. Une colère le prenait maintenant : elle s'était jouée de lui, elle avait promis uniquement pour se débarrasser de ses prières. Pendant qu'il se brûlait le sang à l'attendre, elle dormait, heureuse d'être seule, tenant la largeur du lit conjugal. Alors, au lieu de regagner sa chambre et de dormir de son côté, il s'entêta, se coucha tout habillé, passa la nuit à rouler des projets de revanche. Cette chambre de bonne, nue et froide, l'irritait à cette heure, avec ses murs sales, sa pauvreté, son insupportable odeur de fille mal tenue; et il ne voulait pas s'avouer dans quelle bassesse son amour exaspéré avait rêvé de se satisfaire. Trois heures sonnèrent au loin. Des ronflements de bonnes robustes montaient à sa gauche; parfois, des pieds nus sautaient sur le carreau, puis un ruissellement de fontaine faisait vibrer le plancher. Mais ce qui l'énervait le plus, c'était, à sa droite, une plainte continue, une voix de douleur geignant dans la fièvre d'une insomnie. Il finit par reconnaître la voix de la piqueuse de bottines. Est-ce qu'elle accouchait? La malheureuse, toute seule, agonisait sous les toits, dans un de ces cabinets de misère, où il n'y avait même plus de place pour son ventre.

Vers quatre heures, Octave eut une distraction. Il entendit Adèle rentrer, puis Trublot la rejoindre, immédiatement. Une querelle faillit éclater. Elle se défendait : le propriétaire l'avait gardée, était-ce sa faute? Alors, Trublot l'accusa de devenir fière. Mais elle se mit à pleurer, elle n'était pas fière du tout. Quel péché avait-elle donc pu commettre, pour que le bon Dieu laissât les hommes s'acharner sur elle? Après celui-là, un autre : ça ne finissait pas. Elle ne les agaçait guère cependant, leurs bêtises lui causaient si peu de plaisir, qu'elle restait sale exprès, afin de ne pas leur donner des idées. Ah! ouiche! ils s'enrageaient davantage, et continuellement c'était de l'ouvrage en plus. Elle en crevait, elle avait assez déjà de madame Josserand sur le dos, à vouloir qu'on lavât la cuisine chaque matin.

— Vous autres, bégayait-elle en sanglotant, vous dormez tant que vous voulez, après. Mais moi, faut que je trime... Non, il n'y a pas de justice! Je suis trop malheureuse!

— Allons, dors! je ne te tourmente pas, finit par dire Trublot, bonhomme, pris d'un apitoiement paternel. Va, il y en a, des femmes, qui voudraient être à ta place!... Puisqu'on t'aime, grosse bête, laisse-toi aimer!

Au jour, Octave s'endormit. Un grand silence s'était fait, la piqueuse de bottines elle-même ne râlait plus, comme morte, tenant son ventre à deux mains. Le soleil éclairait l'étroite fenêtre, lorsque la porte, en s'ouvrant, réveilla brusquement le jeune homme. C'était Berthe qui montait voir, poussée par un irrésistible besoin; elle en avait d'abord écarté l'idée, puis elle s'était donné des prétextes, la nécessité de visiter la chambre, d'y remettre les choses en ordre, dans le cas où il aurait tout laissé à la débandade, de colère. D'ailleurs, elle croyait ne plus l'y trouver. Quand elle le vit se lever du petit lit de fer, blême, menaçant, elle resta saisie; et elle écouta, la tête basse, ses reproches furieux. Il la pressait de répondre, de lui fournir au moins une excuse. Enfin, elle murmura :

— Au dernier moment, je n'ai pas pu. Ça manquait trop de délicatesse... Je vous aime, oh! je vous le jure. Mais pas ici, pas ici!

Et, le voyant s'approcher, elle recula, avec la peur qu'il ne voulût profiter de l'occasion. Il en avait l'envie : huit heures sonnaient, les bonnes étaient toutes descendues, Trublot lui-même venait de partir. Alors, comme il cherchait à lui prendre les mains, en disant que lorsqu'on aime quelqu'un, on accepte tout, elle se plaignit d'être incommodée par l'odeur, elle entr'ouvrit la fenêtre. Mais il l'attirait de nouveau, il l'étourdissait de son tourment. Elle allait être obligée de céder, lorsqu'un flot boueux de gros mots monta de la cour des cuisines.

— Cochonne! salope! as-tu fini!... V'là encore ta lavette qui m'est tombée sur la tête.

Berthe, frémissante, s'était dégagée, en murmurant :

— Entends-tu?... Oh! non, pas ici, je t'en supplie! J'aurais trop de honte... Entends-tu ces filles? Elles me font froid partout. L'autre jour déjà, j'ai cru que je me trouverais mal... Non, laisse-moi, et je te promets, mardi prochain, dans ta chambre.

Les deux amants, n'osant plus bouger, debout, durent tout entendre.

— Montre-toi donc un peu, continuait Lisa furieuse, pour que je te la flanque par la gueule!

Alors, Adèle vint se pencher à la fenêtre de sa cuisine.

— En voilà une affaire pour un bout de chiffon! Il n'a servi qu'à ma vaisselle d'hier, d'abord. Et puis, c'est tombé tout seul.

Elles firent la paix, et Lisa lui demanda ce qu'on avait mangé la veille, chez elle. Encore un ragoût! Quels panés! C'est elle qui se serait acheté des côtelettes, dans une boîte pareille! Et elle poussait toujours Adèle à chiper le sucre, la viande, la bougie, histoire d'être libre; car elle, n'ayant jamais faim, laissait Victoire voler les Campardon, sans en prendre même sa part.

— Oh! dit Adèle qui se corrompait, j'ai caché, l'autre soir, des pommes de terre dans ma poche. Elles me brûlaient la cuisse. C'était bon, c'était bon!... Et, vous savez, j'aime le vinaigre, moi. Je m'en fiche, je bois à la burette, maintenant.

Mais Victoire s'accoudait à son tour, en achevant un verre de cassis trempé d'eau-de-vie, que Lisa lui payait de temps à autre, le matin, pour la récompenser de sa gentillesse à cacher ses escapades de nuit et de jour. Et, comme Louise leur tirait la langue, du fond de la cuisine de madame Juzeur, Victoire l'empoigna.

— Attends! enfant de la borne, je vas te la fourrer quelque part, ta langue!

— Viens-y donc, vieille soularde! dit la petite. Hier encore, je t'ai bien aperçue, quand tu rendais tout dans tes assiettes.

Du coup, le flot d'ordures battit de nouveau les murailles du trou empesté. Adèle elle-même, qui prenait le bagou de Paris, traitait Louise de morue, lorsque Lisa cria :

— Je la ferai taire, moi, si elle nous embête. Oui, oui, petite garce, j'avertirai Clémence. Elle t'arrangera... Quelle dégoûtation! ça mouche déjà des hommes, quand ça aurait encore besoin d'être mouchée... Mais, chut! voici l'homme. Un joli saligaud, lui aussi!

Hippolyte venait de paraître à la fenêtre des Duveyrier, cirant les bottes de monsieur. Les bonnes, malgré tout, lui firent des politesses, car il était de l'aristocratie, et il méprisait Lisa qui méprisait Adèle, avec plus de hauteur que les maîtres riches n'en montraient aux maîtres dans la gêne. On lui demanda des nouvelles de mademoiselle Clémence et de mademoiselle Julie. Mon Dieu! elles s'embêtaient à crever, là-bas, mais elles ne se portaient pas trop mal. Puis, sautant à un autre sujet :

Avez-vous entendu, cette nuit, l'autre qui se tortillait, avec son mal au ventre?... Était-ce agaçant! Heureusement qu'elle part. J'avais envie de lui crier : « Pousse donc et que ça finisse! »

— Le fait est que monsieur Hippolyte a raison, reprit Lisa. Rien ne vous porte sur les nerfs, comme une femme qui a toujours des coliques... Dieu merci! je ne sais pas ce que c'est, mais il me semble que je tâcherais de ravaler ça, pour laisser les gens dormir.

Alors, Victoire, voulant rire, retomba sur Adèle.

— Dis donc, l'enflée, là-haut!... Lorsque t'es accouchée de ton premier, c'est-il par devant ou par derrière que tu l'as fait?

Toutes les cuisines se tordirent, dans un accès de gaieté canaille, pendant qu'Adèle, effarée, répondait :

— Un enfant, ah bien! non, faut pas qu'il en vienne! C'est défendu d'abord, et puis quand on n'en veut pas!

— Ma fille, dit Lisa d'un ton grave, les enfants viennent à tout le monde... Ce n'est pas ton bon Dieu qui te fera autrement que les autres.

Et l'on parla de madame Campardon, qui elle, au moins, n'avait plus rien à craindre : c'était la seule chose agréable dans son état. Ensuite, toutes les dames de la maison y passèrent, madame Juzeur qui prenait ses précautions, madame Duveyrier que son mari dégoûtait, madame Valérie qui allait chercher ses enfants au dehors, parce que le sien, de mari, n'était pas seulement capable de lui en faire la queue d'un. Et les éclats de rire montaient par bouffées du boyau noir.

Berthe avait encore pâli. Elle attendait, n'osant plus même sortir, les yeux à terre, confuse, et comme violentée devant Octave. Lui, exaspéré contre les bonnes, sentait qu'elles devenaient trop sales et qu'il ne pouvait les reprendre : son désir s'en allait, il tombait à une lassitude, à une grande tristesse. Mais la jeune femme tressaillit. Lisa venait de prononcer son nom.

— En parlant de farceuse, en voilà une qui m'a l'air de s'en payer!... Eh! Adèle, pas vrai que ta mademoiselle Berthe rigolait déjà toute seule, quand tu lavais encore ses jupons?

— Maintenant, dit Victoire, elle se fait donner un coup de plumeau par le commis de son homme... Pas de danger qu'il y ait de la poussière!

— Chut! souffla doucement Hippolyte.

— Tiens! à cause? Son chameau de bonne n'est pas là, aujourd'hui...

Une sournoise qui vous mangerait, quand on parle de sa maîtresse! Vous savez qu'elle est juive et qu'elle a assassiné quelqu'un, chez elle... Peut-être bien que le bel Octave l'époussette aussi, dans les encoignures. Le patron a dû l'embaucher pour faire les enfants, ce grand serin-là!

Alors, Berthe, torturée d'une angoise indicible, leva les yeux sur son amant. Et, suppliante, implorant un appui, elle balbutia de sa voix douloureuse :

— Mon Dieu! mon Dieu!

Octave lui prit la main, la sera fortement, étranglé lui aussi par une colère impuissante. Que faire? il ne pouvait se montrer, imposer silence à ces filles. Les mots ignobles continuaient, des mots que la jeune femme n'avait jamais entendus, toute une débâcle d'égout, qui, chaque matin, se déversait là, près d'elle, et qu'elle ne soupçonnait même pas. Maintenant, leurs amours, si soigneusement cachés, traînaient au milieu des épluchures et des eaux grasses. Ces filles savaient tout, sans que personne eût parlé. Lisa racontait comment Saturnin tenait la chandelle; Victoire rigolait des maux de tête du mari, qui aurait dû se faire poser un autre œil quelque part; Adèle elle-même tapait sur l'ancienne demoiselle de sa dame, dont elle étalait les indispositions, les dessous douteux, les secrets de toilette. Et une blague ordurière salissait leurs baisers, leurs rendez-vous, tout ce qu'il y avait encore de bon et de délicat dans leurs tendresses.

— Gare là-dessous! cria brusquement Victoire, v'là des carottes d'hier qui m'empoisonnent! C'est pour cette crapule de père Gourd!

Les bonnes, par méchanceté, jetaient ainsi les débris, que le concierge devait balayer.

— Et v'là un reste de rognon moisi! dit à son tour Adèle.

Tous les fonds de casserole, toutes les vidures de terrine y passèrent, pendant que Lisa s'acharnait sur Berthe et sur Octave, arrachant les mensonges dont ils couvraient la nudité malpropre de l'adultère. Ils restaient, la main dans la main, face à face, sans pouvoir détourner les yeux; et leurs mains se glaçaient, et leurs yeux s'avouaient l'ordure de leur liaison, l'infirmité des maîtres étalée dans la haine de la domesticité. C'était ça leurs amours, cette fornication sous une pluie battante de viande gâtée et de légumes aigres!

— Et vous savez, dit Hippolyte, que le jeune monsieur se fiche absolument de la paroissienne. Il l'a prise pour se pousser dans le monde... Oh! un avare au fond malgré sa pose, un gaillard sans scrupule, qui, avec son air d'aimer les femmes, leur flanque très bien des gifles!

Berthe, les yeux sur Octave, le regardait blêmir, la face bouleversée, si changé, qu'il lui faisait peur.

Ma foi! ils se valent, reprit Lisa. Je ne donnerais pas non plus grand'-chose de sa peau, à elle. Mal élevée, le cœur dur comme une pierre, se fichant de tout ce qui n'est pas son plaisir, couchant pour l'argent, oui pour l'argent! car je m'y connais, je parie qu'elle n'a pas même de plaisir avec un homme.

Des larmes jaillirent des yeux de Berthe. Octave regardait son visage se décomposer. Ils se trouvaient comme écorchés au sang l'un devant l'autre, mis à nu, sans protestation possible. Alors, la jeune femme, suffoquée par cette bouche de puisard qui la souffletait, voulut fuir. Il ne la retint pas, car le dégoût d'eux-mêmes faisait de leur présence une torture, et ils aspiraient au soulagement de ne plus se voir.

— Tu as promis, mardi prochain, chez moi.

— Oui, oui.

Et elle se sauva, éperdue. Il demeura seul, piétinant, tâtonnant des mains, remettant en paquet le linge apporté par lui. Il n'écoutait plus les bonnes, lorsqu'une dernière phrase l'arrêta net.

— Je vous dis que monsieur Hédouin est mort hier soir... Si le bel Octave avait prévu ça, il aurait continué à chauffer madame Hédouin, qui a le sac.

Cette nouvelle, apprise là, dans ce cloaque, retentissait au fond de son être. M. Hédouin était mort! Et un regret immense l'envahissait. Il pensa tout haut, il ne put retenir cette réponse :

— Ah! oui, par exemple, j'ai fait une bêtise!

Comme Octave descendait enfin, avec son paquet de linge, il rencontra Rachel qui montait à sa chambre. Quelques minutes de plus, elle les surprenait. En bas, elle venait encore de trouver madame en larmes; mais, cette fois, elle n'en avait rien tiré, ni un aveu, ni un sou. Furieuse, comprenant qu'on profitait de son absence pour se voir et lui filouter ainsi ses petits bénéfices, elle dévisagea le jeune homme d'un regard noir de menaces. Une singulière timidité d'écolier empêcha Octave de lui donner dix francs; et, désireux de montrer une entière liberté d'esprit, il entrait plaisanter chez Marie, lorsqu'un grognement, parti d'un angle, le fit se tourner : c'était Saturnin qui se levait en disant, dans une de ses crises jalouses :

— Prends garde! brouillés à mort!

Justement, on était ce matin-là au huit octobre, la piqueuse de bottines devait déménager avant midi. Depuis une semaine, M. Gourd surveillait son ventre avec un effroi qui grandissait d'heure en heure. Jamais le ventre n'attendrait le huit. La piqueuse de bottines avait supplié le propriétaire de la laisser quelques jours de plus, pour faire ses couches; mais elle s'était heurtée contre un refus indigné. A tout instant, des douleurs la prenaient;

Ils restaient la main dans la main, face à face, sans pouvoir parler. (p. 311.)

pendant la dernière nuit encore, elle croyait bien qu'elle accoucherait seule. Puis, vers neuf heures, elle avait commencé son déménagement, aidant le gamin dont la petite voiture à bras était dans la cour, s'appuyant aux meubles, s'asseyant sur les marches de l'escalier, quand une colique trop forte la pliait en deux.

M. Gourd, cependant, n'avait rien découvert. Pas un homme ! On s'était moqué de lui. Aussi, toute la matinée, rôda-t-il d'un air de colère froide. Octave, qui le rencontra, frémit à l'idée que lui aussi devait connaître leurs amours. Peut-être le concierge les connaissait-il, mais il ne l'en salua pas moins poliment ; car ce qui ne le regardait pas, ne le regardait pas, comme il le disait. Ce matin-là, il avait de même ôté sa calotte devant la dame mystérieuse, filant de chez le monsieur du troisième, en ne laissant d'elle, dans l'escalier, qu'un parfum évaporé de verveine ; il avait encore salué Trublot, salué l'autre madame Campardon, salué Valérie. Tout çà, c'étaient des bourgeois, cela ne le regardait pas, ni les jeunes gens surpris au sortir des chambres de bonne, ni les dames promenant, le long des marches, des peignoirs accusateurs. Mais ce qui le regardait, le regardait, et il ne perdait pas de vue les quatre pauvres meubles de la piqueuse de bottines, comme si l'homme tant cherché allait partir enfin dans un tiroir.

A midi moins un quart, l'ouvrière parut, avec son visage de cire, sa tristesse continuelle, son morne abandon. Elle pouvait à peine marcher. M. Gourd trembla, tant qu'elle ne fut pas dans la rue. Au moment où elle lui remit la clef, Duveyrier justement débouchait du vestibule, si brûlant de sa nuit, que les taches rouges de son front saignaient. Il affecta un air rogue, une sévérité d'implacable morale, lorsque le ventre de cette créature passa devant lui. Elle avait baissé la tête, honteuse, résignée ; et elle suivit la petite voiture, elle s'en alla, du pas désespéré dont elle était venue, le jour où elle s'était engouffrée dans les draps noirs des Pompes funèbres.

Alors, seulement, M. Gourd triompha. Comme si ce ventre emportait le malaise de la maison, les choses désnonnêtes dont frissonnaient les murs, il cria au propriétaire :

— Un bon débarras, monsieur !... On va donc respirer, car ça devenait répugnant, ma parole d'honneur ! J'ai cent livres de moins sur la poitrine... Non, voyez-vous, monsieur, dans une maison qui se respecte, il ne faut pas de femmes et surtout pas de ces femmes qui travaillent !

XIV

Le mardi suivant, Berthe manqua de parole à Octave. Cette fois, elle l'avait averti de ne pas l'attendre, dans une brève explication, le soir, après la fermeture du magasin ; et elle sanglotait, elle était allée se confesser la veille, reprise d'un besoin de religion, toute suffoquée encore par les exhortations douloureuses de l'abbé Mauduit. Depuis son mariage, elle ne pratiquait plus ; mais, à la suite des gros mots dont les bonnes l'avaient éclaboussée, elle venait de se sentir si triste, si abandonnée, si malpropre, qu'elle s'était rejetée pour une heure dans ses croyances d'enfant, enflammée d'un espoir de purification et de salut. Au retour, le prêtre ayant pleuré avec elle, sa faute lui faisait horreur. Octave, impuissant, furieux, haussa les épaules.

Puis, trois jours plus tard, elle promit de nouveau pour le mardi suivant. Dans un rendez-vous donné à son amant, passage des Panoramas, elle avait vu des châles de chantilly ; et elle en parlait sans cesse, avec des yeux mourants de désir. Aussi, le lundi matin, le jeune homme lui dit-il en riant, pour adoucir la brutalité du marché, que, si elle tenait sa parole enfin, elle trouverait chez lui une petite surprise. Elle comprit, elle se mit une fois encore à pleurer. Non ! non ! maintenant, elle n'irait pas, il lui gâtait le bonheur de leur rendez-vous. Elle avait parlé de ce châle en l'air, elle n'en voulait plus, elle le jetterait au feu, s'il lui en faisait cadeau. Pourtant, le lendemain, ils convinrent de tout : minuit et demi, elle frapperait trois coups légers.

Ce jour-là, quand Auguste partit pour Lyon, il parut singulier à Berthe. Elle l'avait surpris parlant bas avec Rachel, derrière la porte de la cuisine ; en outre, il était jaune, grelottant, l'œil fermé; mais, comme il se plaignait de sa migraine, elle le crut malade et lui assura que le voyage lui ferait du bien. Dès qu'elle fut seule, elle retourna dans la cuisine, tâcha de sonder la bonne, par un reste d'inquiétude. Cette fille continuait à se montrer discrète, respectueuse, dans son attitude raide des premiers jours. La jeune femme, pourtant, la sentait vaguement mécontente; et elle pensait qu'elle avait eu grand tort de lui donner vingt francs et une robe, puis de couper court à ses libéralités, forcément, car elle courait toujours après cent sous.

— Ma pauvre fille, lui dit-elle, je suis bien peu généreuse, n'est-ce pas?... Allez, ce n'est pas de ma faute. Je songe à vous, je vous récompenserai.

Rachel répondit de son air froid :

— Madame ne me doit rien.

Alors, Berthe alla chercher deux vieilles chemises à elle, voulant au moins lui prouver son bon cœur. Mais la bonne, en les prenant, déclara qu'elle en ferait des linges pour la cuisine.

— Merci, madame, la percale me donne des boutons, je ne porte que de la toile.

Berthe, cependant, la trouvait si polie, qu'elle se rassura. Elle se montra familière, lui avoua qu'elle découcherait, la pria même de laisser une lampe allumée, à tout hasard. On fermerait au verrou la porte du grand escalier, et elle sortirait par la porte de la cuisine, dont elle emporterait la clef. La bonne prenait tranquillement ces ordres, comme s'il se fût agi de mettre au feu un bœuf à la mode, pour le lendemain.

Le soir, par un raffinement de tactique, pendant que Berthe devait dîner chez ses parents, Octave avait accepté une invitation chez les Campardon. Il comptait rester là jusqu'à dix heures, puis aller s'enfermer dans sa chambre et y attendre minuit et demi, avec le plus de patience possible.

Chez les Campardon, le dîner fut patriarcal. L'architecte, entre sa femme et la cousine, s'appesantissait sur les plats, des plats de ménage, abondants et sains, comme il les qualifiait. Il y avait, ce soir-là, une poule au riz, une pièce de bœuf et des pommes de terre sautées. Depuis que la cousine s'occupait de tout, la maison vivait dans une indigestion continue, tant elle savait bien acheter, payant moins cher et rapportant deux fois plus de viande que les autres. Aussi Campardon revint-il trois fois à la poule, pendant que Rose se bourrait de riz. Angèle se réserva pour le bœuf; elle aimait le sang. Lisa lui en fourrait en cachette de grandes cuillerées. Et, seule, Gasparine touchait à peine aux plats, ayant l'estomac rétréci, disait-elle.

— Mangez donc, criait l'architecte à Octave, vous ne savez pas qui vous mangera.

Madame Campardon, penchée à l'oreille du jeune homme, s'applaudissait une fois encore du bonheur apporté par la cousine dans la maison : une économie de cent pour cent au moins, les domestiques réduites au respect, Angèle surveillée et recevant le bon exemple.

— Enfin, murmura-t-elle, Achille continue à être heureux comme le poisson dans l'eau, et moi je n'ai plus rien à faire, absolument rien... Tenez ! elle me débarbouille, maintenant... Je puis vivre sans remuer les bras ni les jambes, elle a pris toutes les fatigues du ménage.

Ensuite, l'architecte raconta comment « il avait roulé ces cocos de l'Instruction publique ».

— Imaginez-vous, mon cher, qu'ils m'ont cherché des ennuis à n'en plus finir, pour mes travaux d'Évreux... Moi, n'est-ce pas? J'ai voulu avant tout faire plaisir à monseigneur. Seulement, le fourneau des nouvelles cuisines et le calorifère ont dépassé vingt mille francs. Aucun crédit n'était voté, et vingt mille francs ne sont pas faciles à prendre sur les maigres frais d'entretien. D'autre part, la chaire pour laquelle j'avais trois mille francs, est montée à près de dix mille : encore sept mille francs qu'il fallait dissimuler... Aussi m'ont-ils appelé ce matin au ministère, où un grand sec m'a d'abord fichu un galop. Ah ! mais non ! je n'aime pas ça ! Alors, moi, je lui ai flanqué carrément monseigneur à la tête, en le menaçant d'appeler monseigneur à Paris pour expliquer l'affaire. Et, tout de suite, il est devenu poli, oh ! d'une politesse ! tenez, j'en ris encore ! Vous savez qu'ils ont une peur de chien des évêques, en ce moment. Quand j'ai un évêque avec moi, je démolirais et je rebâtirais Notre-Dame, je me moque pas mal du gouvernement !

Tous s'égayaient autour de la table, sans respect pour le ministre, dont ils parlaient avec dédain, la bouche pleine de riz. Rose déclara qu'il valait mieux être avec la religion. Depuis les travaux de Saint-Roch, Achille était accablé de besogne : les plus grandes familles se le disputaient, il n'y suffisait plus, il devait passer les nuits. Dieu leur voulait du bien, décidément, et la famille le bénissait, matin et soir.

On était au dessert, lorsque Campardon s'écria :

— A propos, mon cher, vous savez que Duveyrier a retrouvé...

Il allait nommer Clarisse. Mais il se rappela la présence d'Angèle, et il ajouta, en jetant un regard oblique vers sa fille :

— Il a retrouvé sa parente, vous savez.

Et, par des pincements de lèvres, des clignements d'yeux, il se fit enfin comprendre d'Octave, qui ne saisissait pas du tout.

— Oui, Trublot que j'ai rencontré, m'a dit ça. Avant-hier, comme il pleuvait à torrents, Duveyrier entre sous une porte, et qu'est-ce qu'il aperçoit? sa parente en train de secouer son parapluie... Trublot, justement, la cherchait depuis huit jours, pour la lui rendre.

Angèle avait modestement baissé les yeux sur son assiette, en avalant de grosses bouchées. La famille, d'ailleurs, sauvegardait la décence des mots, avec rigidité.

— Est-elle bien sa parente? demanda Rose à Octave.

— C'est selon, répondit celui-ci. Il faut les aimer comme ça.

— Elle a eu l'audace de venir un jour au magasin, dit Gasparine, qui, malgré sa maigreur, détestait les gens maigres. On me l'a montrée... Un vrai haricot.

— N'importe, conclut l'architecte, voilà Duveyrier repincé... C'est sa pauvre femme...

Il voulait dire que Clotilde devait être soulagée et ravie. Seulement, il se souvint une seconde fois d'Angèle, il prit un air dolent pour déclarer :

— On ne s'entend pas toujours entre parents... Mon Dieu! dans chaque famille, il y a des contrariétés.

Lisa, de l'autre côté de la table, une serviette sur le bras, regardait Angèle, et celle-ci, prise d'un fou rire, se hâta de boire, longuement, le nez caché dans le verre.

Un peu avant dix heures, Octave prétexta une grande fatigue pour monter à sa chambre. Malgré les attendrissements de Rose, il était mal à l'aise dans ce milieu bonhomme, où il sentait croître sans cesse contre lui l'hostilité de Gasparine. Il ne lui avait rien fait pourtant. Elle le détestait comme joli homme, elle le soupçonnait d'avoir toutes les femmes de la maison, et cela l'exaspérait, sans qu'elle le désirât le moins du monde, cédant seulement, devant son bonheur, à une colère instinctive de femme dont la beauté s'était séchée trop vite.

Dès qu'il fût parti, la famille parla de se coucher. Rose, chaque soir, avant de se mettre au lit, passait une heure dans son cabinet de toilette. Elle procéda à un débarbouillage complet, se trempa de parfums, puis se coiffa, s'examina les yeux, la bouche, les oreilles, et se fit même un signe sous le menton. La nuit, elle remplaçait son luxe de peignoirs par un luxe de bonnets et de chemises. Elle choisit, pour cette nuit-là, une chemise et un bonnet garnis de valenciennes. Gasparine l'avait aidée, lui donnant les cuvettes, épongeant derrière elle l'eau répandue, la frottant avec un linge, petits soins intimes dont elle s'acquittait beaucoup mieux que Lisa.

— Ah! je suis bien! dit enfin Rose, allongée, pendant que la cousine bordait les draps et remontait le traversin.

Mais c'est toi que j'aime! (p. 326.)

Et elle riait d'aise, toute seule au milieu du grand lit. Dans ses dentelles, avec son corps douillet, délicat et soigné, on eût dit une belle amoureuse, attendant l'homme de son cœur. Quand elle se sentait jolie, elle dormait mieux, disait-elle. Puis, elle n'avait plus que ce plaisir.

— Ça y est? demanda Campardon en entrant. Eh bien! bonne nuit, mon chat.

Lui, prétendait avoir à travailler. Il veillerait encore. Mais elle se fâchait, elle voulait qu'il prît un peu de repos : c'était stupide, de se tuer de la sorte!

— Entends-tu, couche-toi... Gasparine, promets-moi de le faire coucher.

La cousine, qui venait de poser sur la table de nuit un verre d'eau sucrée et un roman de Dickens, la regardait. Sans répondre, elle se pencha, elle laissa échapper :

— Tu es gentille comme tout, ce soir!

Et elle lui mit deux baisers sur les joues, les lèvres sèches, la bouche amère, dans une résignation de parente laide et pauvre. Campardon, lui aussi, regardait sa femme, le sang à la peau, crevant d'une digestion pénible. Ses moustaches eurent un petit tremblement, il la baisa à son tour.

— Bonne nuit, ma cocotte.

— Bonne nuit, mon chéri... Mais, tu sais, couche-toi tout de suite.

— N'aie donc pas peur! dit Gasparine. Si, à onze heures, il ne dort pas, je me lèverai et j'éteindrai sa lampe.

Vers onze heures, Campardon, qui bâillait sur un chalet suisse, une fantaisie d'un tailleur de la rue Rameau, se déshabilla lentement en songeant à Rose, si gentille et si propre; puis, après avoir défait son lit, pour les bonnes, il alla retrouver Gasparine dans le sien. Ils y dormaient fort mal, trop à l'étroit, gênés par leurs coudes. Lui surtout, réduit à se tenir en équilibre au bord du sommier, avait une cuisse coupée, le matin.

Au même instant, comme Victoire était montée, sa vaisselle finie, Lisa vint, selon son habitude, voir si mademoiselle ne manquait de rien. Angèle, couchée, l'attendait; et c'étaient ainsi, chaque soir, en cachette des parents, des parties de cartes interminables, sur un coin de la couverture étalée. Elles jouaient à la bataille, en retombant toujours sur la cousine, une sale bête que la bonne déshabillait crûment devant l'enfant. Toutes deux se vengeaient de la soumission hypocrite de la journée, et il y avait, chez Lisa, une jouissance basse, dans cette corruption d'Angèle, dont elle satisfaisait les curiosités de fille maladive, troublée par la crise de ses quinze ans. Cette nuit-là, elles étaient furieuses contre Gasparine qui, depuis deux jours, enfermait le sucre, dont la bonne emplissait ses poches, pour les vider ensuite sur le lit de la petite. En voilà un chameau! pas même moyen de croquer du sucre en s'endormant!

— Votre papa lui en fourre pourtant assez, du sucre! dit Lisa, avec un rire sensuel.

— Oh! oui! murmura Angèle, qui riait également.

— Qu'est-ce qu'il lui fait, votre papa?... Faites un peu, pour voir.

Alors, l'enfant se jeta au cou de la bonne, la serra de ses bras nus, l'embrassa violemment sur la bouche, en répétant :

— Tiens! comme ça... Tiens! comme ça.

Minuit sonnait. Campardon et Gasparine geignaient dans leur lit trop étroit, tandis que Rose, se carrant au milieu du sien, les membres écartés, lisait Dickens, avec des larmes d'attendrissement. Un grand silence tomba, la nuit chaste jetait son ombre sur l'honnêteté de la famille.

Cependant, comme il rentrait, Octave avait trouvé de la compagnie chez les Pichon. Jules l'appela, voulant absolument lui offrir quelque chose. Monsieur et madame Vuillaume étaient là, réconciliés avec le ménage, à l'occasion des relevailles de Marie, accouchée en septembre. Ils avaient même bien voulu venir dîner un mardi, pour fêter le rétablissement de la jeune femme, qui sortait depuis la veille seulement. Désireuse d'apaiser sa mère, que la vue de l'enfant, une fille encore, contrariait, elle s'était décidée à l'envoyer en nourrice, près de Paris. Lilitte dormait sur la table, assommée par un verre de vin pur, que les parents lui avaient fait boire de force, à la santé de sa petite sœur.

— Enfin, deux, c'est possible! dit madame Vuillaume, après avoir trinqué avec Octave. Seulement, mon gendre, ne recommencez pas.

Tous se mirent à rire. Mais la vieille femme restait grave. Elle continua :

— Il n'y a là rien de drôle... Nous acceptons cet enfant, mais je vous jure que s'il en revenait un autre...

— Oh! s'il en revenait un autre, acheva M. Vuillaume, vous n'auriez ni cœur ni cervelle... Que diable! on est sérieux dans la vie, on se retient, lorsqu'on n'a pas des mille et des cents à dépenser en agréments.

Et, se tournant vers Octave :

— Tenez! monsieur, je suis décoré. Eh bien! si je vous disais que, pour ne pas trop salir de rubans, je ne porte pas ma décoration dans mon intérieur... Alors, raisonnez : quand je nous prive, ma femme et moi, du plaisir d'être décoré chez nous, nos enfants peuvent bien se priver du plaisir de faire des filles... Non, monsieur, il n'y a pas de petites économies.

Mais les Pichon protestèrent de leur obéissance. Si on les y reprenait par exemple, il ferait chaud!

— Pour souffrir ce que j'ai souffert! dit Marie encore toute pâle.

— J'aimerais mieux me couper une jambe, déclara Jules.

Les Vuillaume hochaient la tête d'un air satisfait. Ils avaient leur parole, ils pardonnaient. Et, comme dix heures sonnaient à la pendule, tous s'embrassèrent avec émotion. Jules mettait son chapeau, pour les accompagner à l'omnibus. Ce recommencement des habitudes anciennes les attendrit au point qu'ils s'embrassèrent une seconde fois sur le palier. Quand ils furent partis, Marie, qui les regardait descendre, accoudée à la rampe, près d'Octave, ramena celui-ci dans la salle à manger, en disant :

— Allez, maman n'est pas méchante, et elle a raison au fond : les enfants, ce n'est pas drôle!

Elle avait refermé la porte, elle débarrassait la table des verres qui traînaient encore. L'étroite pièce, où la lampe charbonnait, était toute tiède de la petite fête de famille. Lilitte continuait à dormir sur un coin de la toile cirée.

— Je vais aller me coucher, murmura Octave.

Et il s'assit, trouvant là un bien-être.

— Tiens! vous vous couchez déjà! reprit la jeune femme. Ça ne vous arrive pas souvent, d'être si rangé. Vous avez donc quelque chose à faire de bonne heure, demain?

— Mais non, répondit-il. J'ai sommeil, voilà tout... Oh! je puis bien vous donner dix minutes.

La pensée de Berthe lui était venue. Elle ne monterait qu'à minuit et demi : il avait le temps. Et cette pensée, l'espoir de la posséder toute une nuit, dont il brûlait depuis des semaines, ne retentissait plus à grands coups dans sa chair. Sa fièvre de la journée, le tourment de son désir comptant les minutes, évoquant la continuelle image du bonheur prochain, tombaient sous la fatigue de l'attente.

— Voulez-vous encore un petit verre de cognac? demanda Marie.

— Mon Dieu! je veux bien.

Il pensait que cela le ragaillardirait. Quand elle l'eut débarassé du verre, il lui saisit les mains, les garda, tandis qu'elle souriait, sans crainte aucune. Il la trouvait charmante, dans sa pâleur de femme endolorie. Toute la tendresse sourde dont il se sentait envahi de nouveau, montait avec une brusque violence, jusqu'à sa gorge, jusqu'à ses lèvres. Il l'avait un soir rendue au mari, après lui avoir mis au front un baiser de père, et c'était maintenant un besoin de la reprendre, un désir immédiat et aigu, dans lequel le désir de Berthe se noyait, s'évanouissait, comme trop lointain.

— Vous n'avez donc pas peur, aujourd'hui? demanda-t-il, en lui serrant les mains plus fort.

— Non, puisque c'est impossible désormais... Oh! nous restons toujours bons amis!

Et elle fit entendre qu'elle savait tout. Saturnin avait dû parler. D'ailleurs, les nuits où Octave recevait une certaine personne, elle s'en apercevait bien. Comme il blêmissait d'inquiétude, elle le rassura vite : jamais elle ne dirait rien à personne, elle n'était pas en colère, elle lui souhaitait au contraire beaucoup de félicité.

— Voyons, répétait-elle, puisque je suis mariée, je ne puis vous en vouloir.

Il l'avait assise sur ses genoux, il lui cria :

— Mais c'est toi que j'aime!

Et il disait vrai, il n'aimait qu'elle en ce moment, d'une passion absolue, infinie. Toute sa nouvelle liaison, les deux mois passés à en désirer une autre, avaient disparu. Il se revoyait dans cette étroite pièce, venant baiser Marie sur le cou, derrière le dos de Jules, la trouvant à chaque heure complaisante, avec sa douceur passive. C'était le bonheur, comment avait-il pu dédaigner cela? Un regret lui brisait le cœur. Il la voulait encore, et s'il ne l'avait plus, il sentait bien qu'il serait éternellement malheureux.

— Laissez-moi, murmurait-elle, en tâchant de se dégager. Vous n'êtes pas raisonnable, vous allez me faire de la peine... Maintenant que vous en aimez une autre, à quoi bon me tourmenter encore?

Elle se défendait ainsi de son air doux et las, répugnant simplement à des choses qui ne l'amusaient guère. Mais il devenait fou, il la serrait davantage, il baisait sa gorge à travers l'étoffe rude de sa robe de laine.

— C'est toi que j'aime, tu ne peux comprendre... Tiens! sur ce que j'ai de plus sacré, je ne mens pas. Ouvre-moi donc le cœur pour voir... Oh! je t'en prie, sois gentille! Encore cette fois, et puis jamais, jamais, si tu l'exiges! Aujourd'hui, vois-tu, te me ferais trop de peine, j'en mourrais.

Alors, Marie fut sans force, paralysée par cette volonté d'homme qui s'imposait. C'était à la fois, chez elle, de la bonté, de la peur et de la bêtise. Elle eut un mouvement, comme pour emporter d'abord dans la chambre Lilitte endormie. Mais il la retint, craignant qu'elle ne réveillât l'enfant. Et elle s'abandonna à cette même place, où elle lui était tombée entre les bras, l'autre année, en femme obéissante. La paix de la maison, à cette heure de nuit, mettait un silence bourdonnant dans la petite pièce.

Brusquement, la lampe baissa, et ils allaient se trouver sans lumière, lorsque Marie, se relevant, eut le temps de la remonter.

— Tu m'en veux? demanda Octave avec une tendre reconnaissance, encore brisé d'un bonheur tel qu'il n'en avait jamais éprouvé.

Elle lâcha la lampe, lui rendit un dernier baiser de ses lèvres froides, en répondant :

— Non, puisque ça vous a fait plaisir... Mais ce n'est pas bien tout de même, à cause de cette personne. Avec moi, ça ne signifie plus rien.

Des larmes lui mouillaient les yeux, elle restait triste, toujours sans colère. Quand il la quitta, il était mécontent, il aurait voulu se coucher et dormir. Sa passion satisfaite avait un arrière-goût gâté, une pointe de chair corrompue dont sa bouche gardait l'amertume. Mais l'autre allait venir maintenant, il fallait l'attendre ; et cette pensée de l'autre pesait terriblement à ses épaules, il souhaitait une catastrophe qui l'empêchât de monter, après avoir passé des nuits de flamme à bâtir des plans extravagants, pour la tenir seulement une heure dans sa chambre. Peut-être lui manquerait-elle de parole une fois encore. C'était un espoir dont il n'osait se bercer.

Minuit sonna. Octave, debout, fatigué, tendait l'oreille, avec la peur d'entendre le frôlement de ses jupes, le long du corridor étroit. A minuit et demi, il fut pris d'une véritable anxiété ; à une heure, il se crut sauvé, et il y avait cependant, dans son soulagement, une irritation sourde, le dépit d'un homme dont une femme se moque. Mais, comme il se décidait à se désabiller, avec des bâillements gros de sommeil, on frappa trois petits coups. C'était Berthe. Il fut contrarié et flatté, il s'avançait les bras ouverts, lorsqu'elle l'écarta, tremblante, écoutant à la porte, qu'elle avait refermée vivement.

— Quoi donc? demanda-t-il en baissant la voix.

— Je ne sais pas, j'ai eu peur, balbutia-t-elle. Il fait si noir dans cet escalier, j'ai cru qu'on me poursuivait... Mon Dieu ! que c'est bête, ces aventures-là ! Pour sûr, il va nous arriver un malheur.

Cela les glaça tous les deux. Ils ne s'embrassèrent pas. Elle était pourtant charmante, dans son peignoir blanc, avec ses cheveux dorés, tordus sur la nuque. Il la regardait, la trouvait beaucoup mieux que Marie ; mais il n'en avait plus envie, c'était une corvée. Elle, pour reprendre haleine, venait de s'asseoir. Et, brusquement, elle affecta de se fâcher, en apercevant sur la table une boîte, où elle devina tout de suite le châle de dentelle, dont elle parlait depuis huit jours.

— Je m'en vais, dit-elle sans quitter sa chaise.

— Comment, tu t'en vas?

— Est-ce que tu crois que je me vends? Tu me blesses toujours, tu me gâtes encore tout mon bonheur, cette nuit... Pourquoi l'as-tu acheté, lorsque je te l'avais défendu ?

Elle se leva, finit par consentir à le regarder. Mais, la boîte ouverte, elle éprouva une telle déception, qu'elle ne put retenir ce cri indigné :

— Comment! ce n'est pas du chantilly, c'est du lama !

Octave, qui réduisait ses cadeaux, avait cédé à une pensée d'avarice. Il tâcha de lui expliquer qu'il y avait du lama superbe, aussi beau que du chantilly ; et il faisait l'article, comme s'il s'était trouvé derrière son comptoir, la forçait à toucher la dentelle, lui jurait que jamais elle n'en verrait la fin. Mais elle hochait la tête, elle l'arrêta d'un mot de mépris.

— Enfin, ça coûte cent francs, tandis que l'autre en aurait coûté trois cents.

Et, le voyant pâlir, elle ajouta pour rattraper sa phrase :

— Tu es bien gentil tout de même, je te remercie... Ce n'est pas l'argent qui fait le cadeau, quand la bonne intention y est.

Elle s'était assise de nouveau. Il y eut un silence. Lui, au bout d'un instant, demanda si l'on n'allait pas se coucher. Sans doute, on allait se coucher. Seulement, elle était encore tant remuée par sa bête de peur dans l'escalier ! Et elle revint à ses craintes, au sujet de Rachel, elle raconta comment elle avait trouvé Auguste causant avec la bonne, derrière une porte. Pourtant, il aurait été si facile d'acheter cette fille, en lui donnant cent sous de temps à autre. Mais il fallait les avoir, les cent sous; elle ne les avait jamais, elle n'avait rien. Sa voix devenait sèche, le châle de lama dont elle ne parlait plus, la travaillait d'un tel désespoir et d'une telle rancune, qu'elle finit par faire à son amant l'éternelle querelle dont elle poursuivait son mari.

— Voyons, est-ce une vie? jamais un liard, toujours rester en affront à propos des moindres bêtises... Oh ! j'en ai plein le dos, plein le dos!

Octave, qui déboutonnait son gilet en marchant, s'arrêta pour lui demander :

— Enfin à quel sujet me dis-tu tout cela?

— Comment ! monsieur, à quel sujet ? Mais il est des choses que la délicatesse devrait vous dicter, sans que j'aie à rougir d'aborder avec vous de pareilles matières... Est-ce que, depuis longtemps, vous n'auriez pas dû, de vous-même, me tranquilliser en mettant cette fille à nos genoux?

Elle se tut, puis elle ajouta d'un air d'ironie dédaigneuse :

— Ça ne vous aurait pas ruiné.

Il y eut un nouveau silence. Le jeune homme, qui s'était remis à marcher, répondit enfin :

— Je ne suis pas riche, je le regrette pour vous.

Auguste, emporté par son élan, vint rouler au milieu de la chambre (p. 333.)

Alors, tout s'aggrava, la querelle prit une violence conjugale.

— Dites que je vous aime pour votre argent! cria-t-elle avec la carrure de sa mère, dont les mots lui remontaient aux lèvres. Je suis une femme d'argent, n'est-ce pas? Eh bien! oui, je suis une femme d'argent, parce que je suis une femme raisonnable. Vous aurez beau prétendre le contraire, l'argent sera quand même l'argent. Moi, lorsque j'ai eu vingt sous, j'ai toujours dit que j'en avais quarante, car il vaut mieux faire envie que pitié.

Il l'interrompit, il déclara d'une voix fatiguée, en homme qui désire la paix :

— Écoute, si ça te contrarie trop qu'il soit en lama, je t'en donnerai un en chantilly.

— Votre châle! continua-t-elle tout à fait furieuse, mais je n'y pense même plus, à votre châle! Ce qui m'exaspère, c'est le reste, entendez-vous!... Oh! d'ailleurs, vous êtes comme mon mari. J'irais dans les rues sans bottines, que cela vous serait parfaitement égal. Quand on a une femme pourtant, le simple bon cœur vous fait une loi de la nourrir et de l'habiller. Mais jamais un homme ne comprendra ça. Tenez! à vous deux, vous me laisseriez bientôt sortir en chemise, si j'y consentais!

Octave, excédé de cette scène de ménage, prit le parti de ne pas répondre, ayant remarqué que parfois Auguste se débarrassait d'elle ainsi. Il achevait de se déshabiller lentement, il laissait passer le flot; et il songeait à la mauvaise chance de ces amours. Celle-là, cependant, il l'avait ardemment désirée, même au point de déranger tous ses calculs; et, maintenant qu'elle se trouvait dans sa chambre, c'était pour le quereller, pour lui faire passer une nuit blanche, comme s'ils avaient eu déjà, derrière eux, six mois de mariage.

— Couchons-nous, veux-tu? demanda-t-il enfin. Nous nous étions promis tant de bonheur! C'est trop bête, de perdre le temps à nous dire des choses désagréables.

Et, plein de conciliation, sans désir mais poli, il voulut l'embrasser. Elle le repoussa, elle éclata en larmes. Alors, il désespéra d'en finir, il retira ses bottines rageusement, décidé à se mettre au lit, même sans elle.

— Allez, reprochez-moi aussi mes sorties, bégayait-elle au milieu de ses sanglots. Accusez-moi de trop vous coûter... Oh! je vois clair! tout ça, c'est à cause de ce méchant cadeau. Si vous pouviez m'enfermer dans une malle, vous le feriez. J'ai des amies, je vais les voir, ce n'est pourtant pas un crime... Et quant à maman...

— Je me couche, dit-il en se jetant au fond du lit. Déshabille-toi et laisse ta maman, qui t'a fichu un bien sale caractère, permets-moi de le constater.

Elle se déshabilla d'une main machinale, pendant que, de plus en plus animée, elle haussait la voix.

— Maman a toujours fait son devoir. Ce n'est pas à vous d'en parler ici. Je vous défends de prononcer son nom... Il ne manquait plus que de vous attaquer à ma famille!

Le cordon de son jupon résistait, et elle cassa le nœud. Puis, assise au bord du lit pour ôter ses bas :

— Ah! comme je regrette ma faiblesse, monsieur! comme on réfléchirait, si l'on pouvait tout prévoir!

Maintenant, elle était en chemise, les jambes et les bras nus, d'une nudité douillette de petite femme grasse. Sa gorge, soulevée de colère, sortait des dentelles. Lui, qui affectait de rester le nez contre le mur, venait de se retourner d'un bond.

— Quoi? vous regrettez de m'avoir aimé?

— Certes, un homme incapable de comprendre un cœur!

Et ils se regardaient de près, la face dure, sans amour. Elle avait posé un genou au bord du matelas, les seins tendus, la cuisse pliée, dans le joli mouvement d'une femme qui se couche. Mais il ne voyait plus sa chair rose, les lignes souples et fuyantes de son dos.

— Ah! Dieu! si c'était à refaire! ajouta-t-elle.

— Vous en prendriez un autre, n'est-ce pas? dit-il brutalement, très haut.

Elle s'était allongée près de lui, sous le drap, et elle allait répondre du même ton exaspéré, lorsque des coups de poing s'abattirent dans la porte. Ils restèrent saisis, sans comprendre d'abord, immobiles et glacés. Une voix sourde disait :

— Ouvrez, je vous entends bien faire vos saletés... Ouvrez ou j'enfonce tout!

C'était la voix du mari. Les amants ne bougeaient toujours pas, la tête emplie d'un tel bourdonnement, qu'ils n'avaient plus une idée ; et ils se sentaient très froids l'un contre l'autre, comme morts. Berthe enfin sauta du lit, dans le besoin instinctif de fuir son amant, pendant que, derrière la porte, Auguste répétait :

— Ouvrez!... ouvrez donc!

Alors, il y eut une terrible confusion, une angoisse inexprimable. Berthe tournait dans la chambre, éperdue, cherchant une issue, avec une peur de la mort qui la blêmissait. Octave, dont le cœur sautait à chaque coup de poing, était allé s'appuyer contre la porte, machinalement, comme pour la consolider. Cela devenait intolérable, cet imbécile réveillerait toute la maison, il fallait ouvrir. Mais, quand elle comprit sa résolution, elle se pendit à ses bras, en le suppliant de ses yeux terrifiés : non, non, grâce! l'autre tomberait sur eux avec un pistolet ou un couteau. Lui, aussi pâle qu'elle, gagné par son épouvante, avait enfilé un pantalon, en la suppliant à demi-voix de s'habiller. Elle n'en faisait rien, elle restait nue, sans pouvoir même trouver ses bas. Et, pendant ce temps, le mari s'acharnait.

— Vous ne voulez pas, vous ne répondez pas... C'est bien, vous allez voir.

Depuis le dernier terme, Octave demandait au propriétaire une petite réparation, deux vis neuves pour la gâche de sa serrure, qui branlait dans le bois. Tout d'un coup, la porte eut un craquement, la gâche sauta, et Auguste, emporté par son élan, vint rouler au milieu de la chambre.

— Nom de Dieu ! jura-t-il.

Il tenait simplement une clef, et son poing saignait, meurtri dans sa chute. Quand il se releva, livide, pris de honte et de rage à l'idée de cette entrée ridicule, il battit l'air de ses bras, il voulut s'élancer sur Octave. Mais celui-ci, malgré sa gêne de se trouver ainsi en pantalon boutonné de travers, pieds nus, lui avait saisi les poignets et le maintenait, plus vigoureux que lui, criant :

— Monsieur, vous violez mon domicile... C'est indigne, on se conduit en galant homme.

Et il faillit le battre. Pendant leur courte lutte, Berthe s'était enfuie en chemise par la porte restée grande ouverte ; elle voyait, au poing sanglant de son mari, luire un couteau de cuisine, et elle avait le froid de ce couteau entre les épaules. Comme elle galopait dans le noir du corridor, elle crut entendre un bruit de gifles, sans pouvoir comprendre qui les avait données ni qui les avait reçues. Des voix, qu'elle ne reconnaissait même plus, disaient :

— A vos ordres. Quand il vous plaira.

— C'est bien, vous aurez de mes nouvelles.

D'un bond, elle gagna l'escalier de service. Mais, lorsqu'elle eut descendu les deux étages, comme poursuivie par les flammes d'un incendie, elle se trouva devant la porte de sa cuisine, fermée, et dont elle avait laissé la clef là-haut, dans la poche de son peignoir. D'ailleurs, pas de lampe, pas un filet de lumière sous cette porte : c'était la bonne évidemment qui les avait vendus. Sans reprendre haleine, elle remonta en courant, passa de nouveau devant le corridor d'Octave, où les voix des deux hommes continuaient, violemment.

Ils se secouaient encore, elle aurait le temps peut-être. Et elle descendit rapidement le grand escalier, avec l'espoir que son mari avait laissé la porte de l'appartement ouverte. Elle se verrouillerait dans sa chambre, elle n'ouvrirait à personne. Mais là, pour la seconde fois, elle se heurta contre une porte fermée. Alors, chassée de chez elle, sans vêtement, elle perdit la tête, elle battit les étages, pareille à une bête traquée, qui ne sait où aller se terrer. Jamais elle n'oserait frapper chez ses parents. Un moment, elle voulut se réfugier chez les concierges ; mais la honte la fit remonter. Elle écoutait, levait la tête, se penchait sur la rampe, les oreilles assourdies par les battements de son cœur, dans le grand silence, les yeux aveuglés de lueurs, qui lui semblaient jaillir de l'obscurité profonde. Et c'était toujours le couteau, le couteau au poing saignant d'Auguste, dont la pointe glacée allait l'atteindre. Brusquement, il y eut un bruit, elle s'imagina qu'il arrivait, elle en éprouva un frisson mortel, jusqu'aux os ; et, comme elle se trouvait devant la porte des Campardon, elle sonna, éperdument, furieusement, à casser le timbre.

— Mon Dieu ! est-ce qu'il y a le feu ? dit à l'intérieur une voix troublée.

La porte s'ouvrit tout de suite. C'était Lisa qui sortait seulement de chez mademoiselle, en étouffant ses pas, un bougeoir à la main. La sonnerie enragée du timbre l'avait fait sauter, au moment où elle traversait l'antichambre. Quand elle aperçut Berthe en chemise, elle resta stupéfaite.

— Quoi donc ? dit-elle.

La jeune femme était entrée, en repoussant violemment la porte ; et, haletante, adossée, elle bégayait :

— Chut ! taisez-vous !... Il veut me tuer.

Lisa ne pouvait en tirer une explication raisonnable, lorsque Campardon parut, très inquiet. Ce vacarme incompréhensible venait de les déranger, Gasparine et lui, dans leur lit étroit. Il avait simplement passé un caleçon, sa grosse face bouffie et en sueur, sa barbe jaune aplatie, toute pleine du duvet blanc de l'oreiller. Essoufflé, il tâchait de reprendre son aplomb de mari qui couche seul.

— Est-ce vous, Lisa ? cria-t-il du salon. C'est stupide ! comment êtes-vous dans l'appartement ?

— J'ai eu peur de n'avoir pas bien fermé la porte, monsieur ; ça m'empêchait de dormir, et je suis redescendue m'assurer... Mais c'est madame...

L'architecte, en voyant Berthe en chemise, contre le mur de son antichambre, resta pétrifié à son tour. Il eut, pour lui, un mouvement de pudeur, qui lui fit tâter de la main si son caleçon était bien boutonné. Berthe oubliait qu'elle était nue. Elle répéta :

— Oh ! monsieur, gardez-moi chez vous... Il veut me tuer.

— Qui donc ? demanda-t-il :

— Mon mari.

Mais, derrière l'architecte, la cousine arrivait. Elle avait pris le temps de mettre une robe ; et, dépeignée, pleine de duvet elle aussi, la gorge plate et flottante, les os perçant l'étoffe, elle apportait la rancune de son plaisir troublé. La vue de la jeune femme, de sa nudité grasse et délicate, acheva de la jeter hors d'elle. Elle demanda :

— Que lui avez-vous donc fait, à votre mari?

Alors, devant cette simple question, une grande honte bouleversa Berthe. Elle se vit nue, un flot de sang l'empourpra de la tête aux pieds. Dans ce long frémissement de pudeur, comme pour échapper aux regards, elle croisa les bras sur sa gorge. Et elle balbutiait :

— Il m'a trouvée... il m'a surprise...

Les deux autres comprirent, échangèrent un coup d'œil révolté. Lisa, dont le bougeoir éclairait la scène, partageait l'indignation de ses maîtres. D'ailleurs, l'explication dut être interrompue, Angèle accourait de son côté ; et elle feignait de se réveiller, elle frottait ses yeux gros de sommeil. La dame en chemise l'immobilisa, dans une secousse, dans un frisson de tout son corps grêle de fillette précoce.

— Oh ! dit-elle simplement.

— Ce n'est rien, va te coucher ! cria son père.

Puis, comprenant qu'il fallait une histoire, il conta la première venue ; mais elle était vraiment trop bête.

— C'est madame qui s'est foulé le pied en descendant. Alors, elle entre chez nous pour qu'on l'aide... Va donc te coucher, tu prendras froid !

Lisa retint un rire, en rencontrant les yeux écarquillés d'Angèle, qui se décidait à retourner dans son lit, toute rose et toute contente d'avoir vu ça. Depuis un instant, madame Campardon appelait du fond de sa chambre. Elle n'avait pas éteint, tellement Dickens l'intéressait, et elle voulait savoir. Que se passait-il ? qui était là ? pourquoi ne la rassurait-on pas ?

— Venez, madame, dit l'architecte, en emmenant Berthe. Vous, Lisa, attendez un instant.

Dans la chambre, Rose s'élargissait encore, au milieu du grand lit. Elle y trônait, avec son luxe de reine, sa tranquille sérénité d'idole. Et elle était très attendrie par sa lecture, elle avait posé sur elle Dickens, que sa poitrine soulevait d'un tiède battement. Lorsque la cousine l'eut mise au courant d'un mot, elle aussi parut scandalisée. Comment pouvait-on aller avec un autre homme que son mari ? et un dégoût lui venait pour la chose dont elle s'était déshabituée. Mais l'architecte, maintenant, coulait des regards troublés sur la gorge de la jeune femme ; ce qui acheva de faire rougir Gasparine.

— C'est impossible, à la fin ! cria-t-elle. Couvrez-vous, madame, car c'est impossible, vraiment ! Couvrez-vous donc !

Elle lui jeta elle-même, sur les épaules, un châle de Rose, un grand fichu de laine tricotée, qui traînait. Le fichu descendait à peine aux cuisses; et l'architecte, malgré lui, regardait les jambes.

Berthe tremblait toujours. Elle avait beau être à l'abri, elle se tournait vers la porte, avec des tressaillements. Ses yeux s'étaient emplis de larmes, elle implora cette dame couchée, qui semblait si calme, si à l'aise.

— Oh! madame, gardez-moi, sauvez-moi... Il veut me tuer.

Il y eut un silence. Tous trois se consultaient du coin de l'œil, sans cacher leur désapprobation pour une conduite à ce point coupable. Puis, vraiment, on ne tombait pas en chemise chez les gens, passé minuit, au risque de les gêner. Non, cela ne se faisait pas; c'était manquer de tact, c'était les mettre dans une situation trop embarrassante.

— Nous avons ici une jeune fille, dit enfin Gasparine. Pensez à notre responsabilité, madame.

— Vous seriez mieux chez vos parents, insinua l'architecte, et si vous me permettiez de vous y conduire...

Berthe fut reprise de terreur.

— Non, non, il est dans l'escalier, il me tuerait.

Et elle suppliait : une chaise lui suffirait pour attendre le jour; le lendemain, elle s'en irait bien doucement. L'architecte et sa femme auraient cédé, lui gagné à des charmes si douillets, elle intéressée par le drame de cette surprise en pleine nuit. Mais Gasparine restait implacable. Elle avait une curiosité pourtant, elle finit par demander :

— Où donc étiez-vous?

— Là-haut, dans la chambre, au fond du couloir, vous savez.

Campardon, du coup, leva les bras, en criant :

— Comment! c'est avec Octave, pas possible!

Avec Octave, avec ce gringalet, une jolie femme si grasse! Il restait vexé. Rose, également, éprouvait un dépit, qui maintenant la rendait sévère. Quant à Gasparine, elle était hors d'elle, mordue au cœur par sa haine instinctive contre le jeune homme. Encore lui! elle le savait bien, qu'il les avait toutes; mais, certes, elle ne pousserait pas la bêtise jusqu'à les lui tenir au chaud, dans son appartement.

— Mettez-vous à notre place, reprit-elle avec dureté. Je vous répète que nous avons ici une jeune fille.

— Puis, dit à son tour Campardon, il y a la maison, il y a votre mari, avec lequel j'ai toujours eu les meilleurs rapports... Il serait en droit de s'étonner. Nous ne pouvons avoir l'air d'approuver publiquement votre conduite, madame, oh! une conduite que je ne me permets pas de juger, mais qui est assez, comment dirai-je? assez légère, n'est-ce pas?

— Bien sûr, nous ne vous jetons pas la pierre, continua Rose. Seule-

Oh! madame, gardez-moi, sauvez-moi, il veut me tuer (p. 336.)

ment, le monde est si mauvais! On raconterait que vous donniez vos rendez-vous ici... Et, vous savez, mon mari travaille pour des gens très difficiles. A la moindre tache sur sa moralité, il perdrait tout... Mais, permettez-moi de vous le demander, madame : comment n'avez-vous pas été retenue par la religion? L'abbé Mauduit nous parlait encore de vous avant-hier, avec une affection paternelle.

Berthe, entre les trois, tournait la tête, regardait celui qui parlait, d'un air d'hébêtement. Dans son épouvante, elle commençait à comprendre, elle s'étonnait d'être là. Pourquoi avait-elle sonné, que faisait-elle au milieu de ces gens qu'elle dérangeait? Elle les voyait maintenant, la femme tenant la largeur du lit, le mari en caleçon et la cousine en jupe mince, tous les deux blancs des plumes du même oreiller. Ils avaient raison, on ne tombait pas de la sorte chez le monde. Et, comme l'architecte la poussait doucement vers l'antichambre, elle partit, sans même répondre aux regrets religieux de Rose.

— Voulez-vous que je vous accompagne jusqu'à la porte de vos parents? demanda Campardon. Votre place est chez eux.

Elle refusa d'un geste terrifié.

— Alors, attendez, je vais jeter un coup d'œil dans l'escalier, car je serais au désespoir, s'il vous arrivait la moindre chose.

Lisa était demeurée au milieu de l'antichambre, avec son bougeoir. Il le prit, sortit sur le palier, rentra tout de suite.

— Je vous jure qu'il n'y a personne... Filez vite.

Alors, Berthe, qui n'avait plus ouvert les lèvres, ôta brutalement le fichu de laine, qu'elle jeta par terre, en disant :

— Tenez! c'est à vous... Il va me tuer, à quoi bon?

Et elle s'en alla dans l'obscurité, en chemise, ainsi qu'elle était venue. Campardon ferma la porte à double tour, furieux, murmurant :

— Eh! va te faire caramboler ailleurs!

Puis, comme Lisa, derrière lui, éclatait de rire :

— C'est vrai, on en aurait toutes les nuits, si on les recevait... Chacun pour soi. Je lui aurais donné cent francs, mais ma réputation, non, par exemple!

Dans la chambre, Rose et Gasparine se remettaient. Avait-on jamais vu une éhontée de cette espèce! se promener toute nue dans l'escalier! Vrai! il y avait des femmes qui ne respectaient plus rien, quand ça les démangeait! Mais il était près de deux heures, il fallait dormir à la fin. Et l'on s'embrassa encore : bonsoir mon chéri, bonsoir ma cocotte. Hein? était-ce bon de s'aimer, de s'entendre toujours, lorsqu'on voyait, dans les autres ménages, des catastrophes pareilles? Rose reprit Dickens, qui avait glissé sur son ventre; il lui suffisait, elle en lirait encore quelques pages, puis s'endormirait, en le laissant couler dans le lit, comme tous les soirs, lasse d'émotion. Campardon suivit Gasparine, la fit se recoucher la première, s'allongea ensuite. Tous deux grognaient : les draps avaient refroidi, on était mal, il faudrait encore une demi-heure pour avoir chaud.

Et, Lisa qui, avant de monter, était rentrée dans la chambre d'Angèle, lui disait :

— La dame a une entorse... Montrez un peu comment elle a pris son entorse.

— Tiens! comme ça! répondait l'enfant, en se jetant au cou de la bonne, et en la baisant sur les lèvres.

Dans l'escalier, Berthe grelotta. Il y faisait froid, on n'allumait le calorifère que le premier novembre. Cependant, sa peur se calmait. Elle était descendue, avait écouté à la porte de son appartement : rien, pas un bruit. Elle était montée, n'osant s'avancer jusqu'à la chambre d'Octave, prêtant l'oreille de loin : un silence de mort, plus un murmure. Alors, elle s'accroupit sur le paillasson de ses parents, où elle comptait vaguement attendre Adèle; car l'idée de tout avouer à sa mère la bouleversait, comme si elle était encore petite fille. Mais, peu à peu, la solennité de l'escalier l'emplit d'une nouvelle angoisse. Il était noir, il était sévère. Personne ne la voyait, et une confusion la prenait pourtant, à être ainsi en chemise, dans l'honnêteté des zincs dorés et des faux marbres. Derrière les hautes portes d'acajou, la dignité conjugale des alcôves exhalait un reproche. Jamais la maison n'avait respiré d'une haleine si vertueuse. Puis, un rayon de lune glissa par les fenêtres des paliers, et l'on eût dit une église : un recueillement montait du vestibule aux chambres de bonne, toutes les vertus bourgeoises des étages fumaient dans l'ombre; tandis que, sous la pâle clarté, sa nudité blanchissait. Elle se sentit un scandale pour les murs, elle ramena sa chemise, cacha ses pieds, avec la terreur de voir paraître le spectre de M. Gourd, en calotte et en pantoufles.

Brusquement, un bruit la faisait se lever, affolée, sur le point de frapper des deux poings dans la porte de sa mère, lorsqu'un appel l'arrêta.

C'était une voix légère comme un souffle.

— Madame... madame...

Elle regardait en bas, elle ne voyait rien.

— Madame... madame... C'est moi.

Et Marie se montra, en chemise elle aussi. Elle avait entendu la scène, elle s'était échappée de son lit, laissant dormir Jules, écoutant de sa petite salle à manger, où elle se trouvait sans lumière.

— Entrez... Vous êtes trop dans la peine. Je suis une amie.

Doucement, elle la rassurait, lui racontait les choses. Les hommes ne s'étaient pas fait de mal : lui, avec des jurons, avait poussé sa commode contre sa porte, pour s'enfermer; tandis que l'autre descendait, un paquet à la main, les affaires laissées par elle, ses souliers et ses bas, qu'il devait avoir roulés dans son peignoir, machinalement, en les voyant traîner. Enfin, c'était fini. Le lendemain, on les empêcherait bien de se battre.

Mais Berthe restait sur le seuil, avec un reste de peur et la honte de pénétrer ainsi chez une dame qu'elle ne fréquentait pas d'habitude. Il fallut que Marie la prît par la main.

— Vous coucherez là, sur ce canapé. Je vous prêterai un châle, j'irai voir votre mère... Mon Dieu! quel malheur! Quand on s'aime, on ne se méfie pas.

— Ah! pour le plaisir que nous prenions! dit Berthe, dans un soupir où crevait tout le vide bête et cruel de sa nuit. Il a raison de jurer. Si c'est comme moi, il doit en avoir par-dessus la tête!

Elles allaient parler d'Octave. Elles se turent, et tout d'un coup, à tâtons, elles tombèrent aux bras l'une de l'autre, en sanglotant. Leurs membres nus s'étreignaient avec une passion convulsive; leurs gorges, chaudes de pleurs, s'écrasaient sous leurs chemises arrachées. C'était une lassitude dernière, une tristesse immense, la fin de tout. Elles ne disaient plus un mot, leurs larmes ruisselaient, ruisselaient sans fin dans les ténèbres, au milieu du profond sommeil de la maison, plein de décence.

XV

Ce matin-là, le réveil de la maison fut d'une grande dignité bourgeoise. Rien, dans l'escalier, ne gardait la trace des scandales de la nuit, ni les faux marbres qui avait reflété ce galop d'une femme en chemise, ni la moquette d'où s'était évaporée l'odeur de sa nudité. Seul, M. Gourd, lorsqu'il monta vers sept heures donner son coup d'œil, flaira les murs; mais ce qui ne le regardait pas, ne le regardait pas; et comme, en redescendant, il aperçut dans la cour deux bonnes, Lisa et Julie, qui causaient à coup sûr de la catastrophe, tant elles semblaient allumées, il les dévisagea d'un œil si ferme, qu'elles se séparèrent. Ensuite, il sortit s'assurer de la tranquillité de la rue. Elle était calme. Déjà, pourtant, les bonnes avaient dû parler, car des voisines s'arrêtaient, des boutiquiers sortaient sur leur porte, les yeux en l'air, cherchant et fouillant les étages, de l'air béant dont on contemple les maisons où il s'est passé un crime. Devant la façade riche, d'ailleurs, le monde se taisait et s'en allait poliment.

A sept heures et demie, madame Juzeur parut en peignoir, pour surveiller Louise, disait-elle. Ses yeux luisaient, une fièvre brûlait ses mains. Elle arrêta Marie, qui remontait avec son lait, et voulut la faire causer; mais elle n'en tira rien, elle ne put même savoir comment la mère avait accueilli la fille coupable. Alors, sous le prétexte d'attendre un instant le facteur, elle entra chez les Gourd, elle finit par demander pourquoi monsieur Octave ne descendait pas : peut-être bien qu'il était malade. Le concierge répondit qu'il l'ignorait; du reste, monsieur Octave ne descendait jamais avant huit heures dix minutes. A ce moment, l'autre madame Campardon passa devant la loge, blême et rigide; tous la saluèrent.

Et madame Juzeur, forcée de remonter, eut enfin la chance de rencontrer sur son palier l'architecte, qui partait en mettant ses gants. D'abord, tous deux se contemplèrent d'un air accablé; puis, il haussa les épaules.

— Pauvres gens! murmura-t-elle.

— Non, non, c'est bien fait! dit-il avait férocité. Il faut un exemple... Un gaillard que j'introduis dans une maison honnête, en le suppliant de ne pas y amener de femme, et qui, pour se ficher de moi, couche avec la la belle-sœur du propriétaire!... J'ai l'air d'un serin, là-dedans.

Ce fut tout. Madame Juzeur était rentrée chez elle. Campardon continuait de descendre, si furieux, qu'il en avait déchiré l'un de ses gants.

Comme huit heures sonnaient, Auguste, le visage défait, les traits tirés par une atroce migraine, traversa la cour pour se rendre à son magasin. Il avait pris l'escalier de service, plein de honte, redoutant d'être rencontré. Cependant, il ne pouvait lâcher les affaires. En bas, au milieu des comptoirs, devant la caisse où Berthe s'asseyait d'habitude, une émotion lui serra la gorge. Le garçon ôtait les volets, et Auguste donnait des ordres pour la journée, lorsque l'apparition brusque de Saturnin, qui sortait du sous-sol, l'effraya. Le fou avait ses yeux flambants, ses dents blanches de loup affamé. Il vint droit au mari, serrant les poings.

— Où est-elle?... Si tu la touches, je te saigne comme un cochon!

Auguste recula, exaspéré.

— A celui-ci, maintenant!

— Tais-toi, ou je te saigne! répéta Saturnin, qui voulut se jeter sur lui.

Alors, le mari préféra lui céder la place. Il avait une horreur des fous; on ne pouvait raisonner, avec ces gens-là. Mais, comme il sortait sous la voûte, en criant au garçon de l'enfermer dans le sous-sol, il se trouva face à face avec Valérie et Théophile. Ce dernier, très enrhumé, enveloppé d'un cache-nez rouge, toussait en geignant. Tous deux devaient savoir, car ils s'arrêtèrent devant Auguste d'un air de condoléance. Depuis la querelle de la succession, les ménages ne se parlaient plus, brouillés à mort.

— Tu as toujours un frère, dit Théophile, qui lui serra la main, quand il eut fini de tousser. Je veux que tu t'en souviennes, dans le malheur.

— Oui, ajouta Valérie, cela devrait me venger, car elle m'en a dit de propres, n'est-ce pas? mais nous vous plaignons tout de même, parce que nous avons du cœur, nous autres.

Auguste, très touché de leur gentillesse, les conduisit au fond du magasin, en surveillant du coin de l'œil Saturnin qui rôdait. Et, là, il y eut une réconciliation complète On ne nomma pas Berthe; seulement, Valérie

Comment! c'est toi, misérable, mon neveu, qui me déshonores (p. 352.)

laissa entendre que toute la zizanie venait de cette femme, car il n'y avait jamais eu un mot désagréable dans la famille, avant qu'elle y fût entrée pour la déshonorer. Auguste, les yeux baissés, écoutait, approuvait de la tête. Et une gaieté perçait sous la commisération de Théophile, enchanté de n'être plus le seul, regardant son frère pour voir la figure qu'on faisait.

— Maintenant, qu'as-tu résolu? lui demanda-t-il.

— Mais de me battre! répondit le mari fermement.

La joie de Théophile fut gâtée. Sa femme et lui devinrent froids, devant le courage d'Auguste. Ce dernier leur racontait la scène affreuse de la nuit, comment ayant eu le tort de reculer devant l'achat d'un pistolet, il s'était forcément contenté de gifler le monsieur; là-dessus, à la vérité, le monsieur lui avait rendu sa gifle; mais ça ne l'empêchait pas d'en avoir empoché une, et fameuse! Un misérable qui se moquait de lui depuis six mois, en feignant de lui donner raison contre sa femme, et qui poussait l'aplomb jusqu'à faire des rapports sur elle, les jours où elle se dérangait! Quant à cette créature, puisqu'elle s'était réfugiée chez ses parents, elle pouvait y rester, jamais il ne la reprendrait.

— Croiriez-vous que, le mois dernier, je lui ai accordé trois cents francs pour sa toilette! cria-t-il. Moi, si bon, si tolérant, qui étais décidé à tout accepter, plutôt que de me rendre malade!... Mais on ne peut pas accepter ça, non! non! on ne peut pas!

Théophile songeait à la mort. Il eut un petit tremblement de fièvre, il s'étrangla, en disant :

— C'est bête, tu vas te faire embrocher. Moi, je ne me battrais pas.

Et, comme Valérie le regardait, il ajouta, gêné :

— Si ça m'arrivait.

— Ah! la malheureuse! murmura alors la jeune femme, quand on pense que deux hommes vont se massacrer pour elle! A sa place, je n'en dormirais plus.

Auguste restait inébranlable. Il se battrait. D'ailleurs, ses dispositions étaient arrêtées. Comme il voulait absolument Duveyrier pour témoin, il allait monter le mettre au courant et l'envoyer tout de suite auprès d'Octave. Théophile serait son autre témoin, s'il y consentait. Celui-ci dut accepter; mais son rhume parut s'aggraver subitement, il prenait son air rageur d'enfant malade, qui a besoin qu'on le plaigne. Pourtant, il proposa à son frère de l'accompagner chez les Duveyrier; ces gens-là avaient beau être des voleurs, on oubliait tout dans certaines circonstances; et le désir d'une réconciliation générale perçait chez lui et chez sa femme, tous deux ayant sans doute réfléchi que leur intérêt n'était pas de bouder davantage. Valérie, très obligeante, finit par offrir à Auguste de se tenir à la caisse, pour lui donner le temps de trouver une demoiselle convenable.

— Seulement, ajouta-t-elle, je dois mener Camille aux Tuileries vers deux heures.

— Oh! pour une fois! dit son mari. Il pleut justement.

— Non, non, l'enfant a besoin d'air... Il faut que je sorte.

Enfin, les deux frères montèrent chez les Duveyrier. Mais une quinte de toux abominable arrêta Théophile, dès la première marche. Il se tint à la rampe, et quand il put parler, la gorge encore gênée d'un râle, il bégaya :

— Tu sais, moi, très heureux maintenant, tout à fait sûr d'elle... Non, pas ça à lui reprocher, et elle m'a donné des preuves.

Auguste, sans comprendre, le regardait, si jaune, si crevé, avec les poils rares de sa barbe qui séchaient dans sa chair molle. Ce regard acheva de vexer Théophile, que la bravoure de son frère embarrassait. Il reprit :

— Je te parle de ma femme... Ah! mon pauvre vieux, je te plains de tout mon cœur! Tu te rappelles ma bêtise, le jour de tes noces. Mais toi, il n'y a pas à douter, puisque tu les as vus.

— Bah! dit Auguste pour faire le brave, je vais lui casser une patte... Parole d'honneur! je me ficherais du reste, si je n'avais pas mal à la tête!

Au moment de sonner chez les Duveyrier, Théophile songea tout d'un coup que le conseiller pouvait ne pas y être, car depuis le jour où il avait retrouvé Clarisse, il se lâchait complètement, il finissait par découcher. Hippolyte, qui leur ouvrit, évita en effet de répondre au sujet de monsieur; mais il dit que ces messieurs allaient trouver madame en train de faire ses gammes. Ils entrèrent. Clotilde, sanglée dans un corset dès son lever, était à son piano, montant et descendant le clavier, d'un mouvement régulier et continu des mains; et, comme elle se livrait à cet exercice pendant deux heures chaque jour, pour ne pas perdre la légèreté de son jeu, elle occupait ailleurs son intelligence, elle lisait la *Revue des deux mondes*, ouverte sur le pupitre, sans que la mécanique de ses doigts en éprouvât le moindre ralentissement.

— Tiens! c'est vous! dit-elle, lorsque ses frères l'eurent tirée de l'averse battante des notes, qui l'isolait et la criblait, comme sous un nuage de grêle.

Et elle ne montra même pas son étonnement, lorsqu'elle aperçut Théophile. D'ailleurs, celui-ci demeurait très raide, en homme qui venait pour un autre. Auguste tenait une histoire prête, repris de honte à l'idée d'instruire sa sœur de son infortune, craignant de l'épouvanter avec son duel. Mais elle ne lui laissa pas le temps de mentir, elle le questionna, de son air tranquille, après l'avoir regardé.

— Que comptes-tu faire maintenant?

Il tressaillit, rougissant. Tout le monde le savait donc? Et il répondit du ton brave dont il avait déjà fermé la bouche à Théophile :

— Me battre, parbleu!

— Ah! dit-elle, pleine de surprise cette fois.

Pourtant, elle ne le désapprouva pas. Cela allait encore augmenter le scandale, mais l'honneur avait des exigences. Elle se contenta de rappeler qu'elle s'était d'abord opposée à son mariage. On ne devait rien attendre d'une jeune fille qui semblait ignorer tous les devoirs de la femme. Puis, comme Auguste lui demandait où était son mari :

— Il voyage, répondit-elle sans hésitation.

Alors, il se désola, car il ne voulait pas agir avant d'avoir consulté Duveyrier. Elle l'écoutait, sans lâcher la nouvelle adresse, refusant de mettre sa famille dans la désunion de son ménage. Enfin, elle trouva un expédient, elle lui conseilla d'aller trouver M. Bachelard, rue d'Enghien; peut-être aurait-il là un renseignement utile. Et elle se retourna vers son piano.

— C'est Auguste qui m'a prié de monter, crut devoir déclarer Théophile, muet jusque-là. Veux-tu que je t'embrasse, Clotilde?... Nous sommes tous deux dans la peine.

Elle lui tendit sa joue froide, en disant :

— Mon pauvre garçon, il n'y a dans la peine que ceux qui s'y mettent. Moi, je pardonne à tout le monde... Et soigne-toi, tu m'as l'air très enrhumé.

Puis, rappelant Auguste :

— Si ça ne s'arrange pas, préviens moi, car je serais alors bien inquiète.

L'averse battante des notes recommença, l'enveloppa, la noya; et, au milieu, tandis que la mécanique de ses doigts tapait les gammes en tous les tons, elle s'était remise à lire gravement la *Revue des deux mondes*.

En bas, Auguste discuta un instant s'il devait se rendre chez Bachelard. Comment lui dire : « Votre nièce m'a trompé? » Enfin, il résolut d'obtenir de l'oncle l'adresse de Duveyrier, sans le mettre au courant de l'histoire. Tout fut réglé : Valérie garderait le magasin, pendant que Théophile surveillerait la maison, jusqu'au retour de son frère. Celui-ci avait envoyé chercher un fiacre, et il partait, quand Saturnin, disparu depuis un moment, remonta du sous-sol, avec un grand couteau de cuisine, qu'il brandissait, en criant :

Je le saignerai!... Je le saignerai!

Ce fut une nouvelle alerte. Auguste, très pâle, sauta précipitamment dans le fiacre, tira la portière. Et il disait :

— Il a encore un couteau! Où les trouve-t-il donc, tous ces couteaux!... Je t'en prie, Théophile, renvoie-le, tâche qu'il ne soit plus là, quand je reviendrai... Comme si ce n'était pas déjà assez malheureux pour moi, ce qui m'arrive!

Le garçon de magasin maintenait le fou par les épaules. Valérie avait donné l'adresse au cocher. Mais ce cocher, un gros homme très sale, le visage sang de bœuf, ivre de la veille, ne se pressait pas, s'installait, ramassait les guides.

— A la course, bourgeois? demanda-t-il d'une voix enrouée.

— Non, à l'heure, et rondement. Il y aura un bon pourboire.

Le fiacre s'ébranla. C'était un vieux landau, immense et malpropre, qui avait un balancement inquiétant, sur ses ressorts fatigués. Le cheval, une grande carcasse blanche, marchait au pas avec une dépense de force extraordinaire, le cou branlant, les jambes hautes. Auguste regarda sa montre : il était neuf heures. A onze heures, le duel pouvait être décidé. La lenteur du fiacre l'irrita d'abord. Puis, une somnolence l'engourdit peu à peu; il n'avait pas fermé l'œil de la nuit, et cette voiture lamentable l'attristait. Quand il se trouva seul, bercé là-dedans, assourdi par un tapage de glaces fêlées, la fièvre qui le soutenait devant sa famille depuis le matin, se calma. Quelle aventure stupide tout de même! Et sa face devint grise; il prit entre les mains sa tête, qui le faisait beaucoup souffrir.

Rue d'Enghien, ce fut un nouvel ennui. D'abord, la porte du commissionnaire en marchandises était tellement encombrée de camions, qu'il manqua se faire écraser; ensuite, il tomba, au milieu de la cour vitrée, sur une bande d'emballeurs clouant violemment des caisses, et dont pas un ne put dire où était Bachelard. Les coups de marteau lui fendaient le crâne, il allait pourtant se résoudre à attendre l'oncle, lorsqu'un apprenti, apitoyé par son air de souffrance, vint couler à son oreille une adresse : mademoiselle Fifi, rue Saint-Marc, au troisième étage. Le père Bachelard devait y être.

— Vous dites? demanda le cocher qui s'était endormi.

— Rue Saint-Marc, et un peu plus vite, si c'est possible.

Le fiacre reprit son train d'enterrement. Sur le boulevard, il se fit accrocher par un omnibus. Les panneaux craquaient, les ressorts jetaient des cris plaintifs, une mélancolie noire envahissait de plus en plus le mari en quête de son témoin. On arriva pourtant rue Saint-Marc.

Au troisième, une petite vieille, blanche et grasse, ouvrit la porte. Elle semblait très émotionnée, elle fit entrer Auguste tout de suite, quand il eut demandé M. Bachelard.

— Ah ! monsieur, vous êtes de ses amis bien sûr. Tâchez donc de le calmer. Il a eu tout à l'heure une contrariété, ce pauvre cher homme... Vous me connaissez sans doute, il a dû vous parler de moi : je suis mademoiselle Menu.

Auguste, effaré, se trouva dans une étroite pièce donnant sur la cour, ayant la propreté et le calme profond d'un intérieur de province. On y sentait le travail, l'ordre, la pureté d'une existence heureuse de petites gens. Devant un métier à broder, où une étole de prêtre était tendue, une jeune fille blonde, jolie, l'air candide, pleurait à chaudes larmes; tandis que l'oncle Bachelard, debout, le nez enflammé, les yeux saignants, bavait de colère et de désespoir. Il était si bouleversé, que l'entrée d'Auguste ne parut pas le surprendre. Immédiatement, il le prit à témoin, et la scène continua.

— Voyons, vous, monsieur Vabre, qui êtes un honnête homme, qu'est-ce que vous diriez à ma place?... J'arrive ici, ce matin, plus tôt que de coutume; j'entre dans sa chambre avec mon sucre, du café et trois pièces de quatre sous, pour lui faire une surprise; et je la trouve couchée avec ce cochon de Gueulin !... Non, là, franchement, qu'est-ce que vous diriez ?

Auguste, plein d'embarras, devint très rouge. Il avait d'abord cru que l'oncle connaissait son infortune et se fichait de lui. Mais ce dernier ajoutait, sans même attendre une réponse :

— Ah ! tenez, mademoiselle, vous ne vous doutez pas de ce que vous avez fait ! Moi qui redevenais jeune, qui étais si heureux d'avoir trouvé un coin gentil, où je me reprenais à croire au bonheur !... Oui, vous étiez un ange, une fleur, enfin quelque chose de frais qui me consolait d'un tas de sales femmes... Et voilà que vous couchez avec ce cochon de Gueulin !

Une émotion vraie l'étreignait à la gorge, sa voix se brisait dans des accents de profonde douleur. Tout croulait, et il pleurait la perte de l'idéal, avec les hoquets d'un reste d'ivresse.

— Je ne savais pas, mon oncle, bégaya Fifi, dont les sanglots redoublaient devant ce spectacle pitoyable; non, je ne savais pas que ça vous causerait tant de peine.

Elle n'avait pas l'air de savoir, en effet. Elle gardait ses yeux ingénus, son odeur de chasteté, la naïveté d'une petite fille incapable encore de distinguer un monsieur d'une dame. La tante Menu, d'ailleurs, jurait qu'au fond elle était innocente.

— Calmez-vous, monsieur Narcisse. Elle vous aime bien tout de même... Moi, je sentais que ça ne vous serait guère agréable. Je lui ai dit : « Si monsieur Narcisse l'apprend, il sera contrarié. » Mais ça n'a pas vécu, n'est-pas? Ça ignore ce qui fait plaisir et ce qui ne fait pas plaisir... Ne pleurez donc plus, puisque son cœur est toujours pour vous.

Comme ni la petite ni l'oncle ne l'écoutaient, elle se tourna vers Auguste, elle lui dit à quel point une pareille histoire l'inquiétait pour l'avenir de sa nièce. C'était si difficile de caser une jeune fille, d'une façon convenable! Elle, qui avait travaillé trente ans chez messieurs Mardienne frères, les brodeurs de la rue Saint-Sulpice, où l'on pouvait demander des renseignements, savait au prix de quelles privations une ouvrière, à Paris, joignait les deux bouts, quand elle voulait rester honnête. Malgré son bon cœur, bien qu'elle eût reçu Fanny des mains de son propre frère, le capitaine Menu, à son lit de mort, elle ne serait jamais arrivée à entretenir la petite avec les mille francs de rente viagère, qui lui permettaient maintenant de lâcher l'aiguille. Aussi avait-elle espéré mourir tranquille, en la voyant avec monsieur Narcisse. Et pas du tout, voilà que Fifi mécontentait son oncle, par ses bêtises!

— Vous connaissez peut-être Villeneuve, près de Lille, dit-elle en finissant. J'en suis. C'est un bourg assez considérable...

Mais Auguste perdait patience. Il lâcha la tante, il se tourna vers Bachelard dont le désespoir bruyant se calmait.

— Je venais vous demander la nouvelle adresse de Duveyrier... Vous devez la connaître.

L'adresse de Duveyrier, l'adresse de Duveyrier, balbutia l'oncle. Vous voulez dire l'adresse de Clarisse. Attendez, tout à l'heure.

Et il alla ouvrir la chambre de Fifi. Auguste, très étonné, en vit sortir Gueulin, que le vieillard y avait enfermé à double tour, désirant lui donner le temps de s'habiller et le garder sous la main, pour décider ensuite de son sort. La vue du jeune homme, l'air déconfit, les cheveux encore en désordre, ralluma sa colère.

— Comment! misérable! c'est toi, mon neveu, qui me déshonores!... Tu salis ta famille, tu traînes dans la boue mes cheveux blancs!... Ah! tiens! tu finiras mal, nous te verrons un jour en cour d'assises!

Gueulin écoutait, la tête basse, à la fois gêné et furieux. Il murmura :

— Dites donc, l'oncle, vous allez trop loin. Hein? un peu de mesure, je vous prie. Si vous croyez que je trouve cela drôle, moi aussi!... Pourquoi m'avez-vous amené chez mademoiselle? Je ne vous le demandais pas. C'est vous qui m'y avez traîné. Vous y traîniez tout le monde.

Mais Bachelard, gagné de nouveau par les larmes, continuait :

— Tu m'as tout pris, je n'avais plus qu'elle... Tu seras la cause de ma mort, et je ne te laisserai pas un sou, pas un sou!

C'est ça, fiche-moi le camp!... je déjeunerai avec Théodore (p. 363.)

Alors, Gueulin, hors de lui, éclata.

— Fichez-moi la paix! j'en ai assez!... Ah! qu'est-ce que je vous ai toujours dit? les voilà, les voilà les embêtements du lendemain! Vous voyez comme ça me réussit, pour une fois que j'ai la bêtise de profiter d'une occasion... Parbleu! la nuit a été très agréable; mais, après, va te promener! on en a pour la vie à pleurer comme des veaux.

Fifi avait essuyé ses larmes. Elle s'ennuyait tout de suite à ne rien faire, elle venait de reprendre son aiguille et brodait son étole, en levant de temps à autre ses grands yeux purs sur les deux hommes, l'air stupéfait de leur colère.

—Je suis très pressé, hasarda Auguste. Si vous me donniez cette adresse, la rue et le numéro, pas davantage.

— L'adresse, dit l'oncle, attendez, tout de suite.

Et, emporté par son attendrissement qui débordait, il saisit les deux mains de Gueulin.

— Ingrat, je la gardais pour toi, parole d'honneur! Je me disais : S'il est sage, je la lui donne... Oh! proprement, avec cinquante mille francs de dot... Et, salaud! tu n'attends pas, tu vas la prendre comme ça, tout d'un coup!

— Non, lâchez-moi! dit Gueulin, touché par le bon cœur du vieux. Je sens bien que les embêtements vont continuer.

Mais Bachelard l'emmena devant la jeune fille, en demandant à celle-ci :

— Voyons, Fifi, regarde-le : l'aurais-tu aimé?

— Si ça pouvait vous faire plaisir, mon oncle, répondit-elle.

Cette bonne réponse acheva de lui crever le cœur. Il se tamponna les yeux, il se moucha, étranglé. Eh bien! on verrait. Il n'avait jamais voulu que la rendre heureuse. Et, brusquement, il renvoya Gueulin.

— Va-t'en... Je vais réfléchir.

Pendant ce temps, la tante Menu avait encore repris Auguste à part, pour lui expliquer ses idées. N'est-ce pas? un ouvrier aurait battu la petite, et un employé se serait mis à lui faire des enfants par-dessus la tête. Avec monsieur Narcisse, au contraire, elle avait la chance de trouver une dot qui lui permettrait de se marier convenablement. Dieu merci! elles appartenaient à une trop bonne famille, jamais la tante n'aurait souffert que la nièce se conduisît mal, tombât des bras d'un amant dans ceux d'un autre. Non, elle voulait pour elle une position sérieuse.

Gueulin partait, lorsque Bachelard le rappela.

— Baise-la sur le front, je te le permets.

Et il le mit ensuite lui-même à la porte. Puis, revenant se planter devant Auguste, une main sur le cœur :

— Ce n'est pas une blague, je vous jure ma parole d'honneur que je voulais la lui donner, plus tard.

— Alors, cette adresse? demanda l'autre à bout de patience.

L'oncle parut étonné, comme s'il croyait avoir déjà répondu.

— Hein? quoi? l'adresse de Clarisse, mais je ne la sais pas!

Auguste eut un geste d'emportement. Tout s'en mêlait, on semblait prendre à tâche de le rendre ridicule! En le voyant si bouleversé, Bachelard lui soumit une idée: sans doute Trublot savait l'adresse, et l'on pouvait aller le trouver chez son patron, l'agent de change Desmarquay. Même l'oncle, avec son obligeance de rouleur de trottoirs, offrit à son jeune ami de l'accompagner. Celui-ci accepta.

— Tenez! dit l'oncle à Fifi, après l'avoir, à son tour, baisée sur le front, voici tout de même le sucre de mon café et trois pièces de quatre sous, pour votre tirelire. Conduisez-vous bien, en attendant mes ordres.

La jeune fille, modeste, tirait son aiguille avec une application exemplaire. Un rayon de soleil, qui glissait d'un toit voisin, égayait la petite pièce, dorait ce coin d'innocence, où les bruits des voitures n'arrivaient même pas. Toute la poésie de Bachelard était remuée.

— Que le bon Dieu vous bénisse! monsieur Narcisse, lui dit la tante Menu en le reconduisant. Je suis plus tranquille... N'écoutez que votre cœur: il vous inspirera.

Le cocher, une fois encore, s'était endormi, et il grogna, quand l'oncle lui donna l'adresse de M. Desmarquay, rue Saint-Lazare. Sans doute le cheval dormait aussi, car il fallut une grêle de coups de fouet pour le mettre en branle. Enfin, le fiacre roula péniblement.

— C'est dur tout de même, reprit l'oncle au bout d'un silence. Vous ne pouvez vous imaginer l'effet que ça m'a produit, quand j'ai aperçu Gueulin en chemise... Non, voyez-vous, il faut avoir passé par là.

Et il continua, il appuyait sur les détails, sans remarquer le malaise croissant d'Auguste. Enfin, celui-ci, sentant sa position devenir de plus en plus fausse, lui dit pourquoi il était si pressé de trouver Duveyrier.

— Berthe avec ce calicot! cria l'oncle, vous m'étonnez, monsieur!

Et il semblait que son étonnement vînt surtout du choix de sa nièce. D'ailleurs, après réflexion, il s'indigna. Sa sœur Éléonore avait bien des reproches à se faire. Il lâchait sa famille. Sans doute, il ne se mêlerait pas de ce duel; mais il le jugeait indispensable.

— Ainsi, moi, tout à l'heure, quand j'ai vu Fifi avec un homme en chemise, ma première idée a été de tout massacrer... Si vous passiez par là...

Un tressaillement douloureux d'Auguste le fit s'interrompre.

— Ah! c'est vrai, je ne pensais plus... Mon histoire ne vous semble pas drôle.

Un silence régna, le fiacre se balançait mélancoliquement. Auguste, dont la flamme s'éteignait à chaque tour de roue, s'abandonnait aux cahots, la mine terreuse, l'œil gauche barré de migraine. Pourquoi donc Bachelard trouvait-il le duel indispensable? ce n'était pas son rôle, de pousser au sang, lui l'oncle de la coupable. Et Auguste avait dans l'oreille la phrase de son frère : « C'est bête, tu vas te faire embrocher », une phrase importune et entêtée, qui finissait par être comme la douleur même de sa névralgie. Pour sûr, il serait tué, il en avait le pressentiment : cela l'anéantissait dans un attendrissement lugubre. Il se voyait mort, il pleurait sur lui.

— Je vous ai dit rue Saint-Lazare, cria l'oncle au cocher. Ce n'est pas à Chaillot. Tournez donc à gauche.

Enfin le fiacre s'arrêta. Pour plus de prudence, ils firent demander Trublot, qui descendit nu-tête causer avec eux sous la porte cochère.

— Vous savez l'adresse de Clarisse? lui demanda Bachelard.

L'adresse de Clarisse... Parbleu! rue d'Assas.

Ils le remerciaient, ils allaient remonter en voiture, quand Auguste dit à son tour :

— Et le numéro?

— Le numéro... Ah! le numéro, je ne le sais pas.

Du coup, le mari déclara qu'il aimait mieux y renoncer. Trublot faisait des efforts pour se souvenir; il y avait dîné une fois, là-bas, derrière le Luxembourg; mais il ne pouvait se rappeler si ça se trouvait dans le bout de la rue, à droite ou à gauche. Ce qu'il connaissait bien, c'était la porte; oh! il aurait dit tout de suite : « La voilà! » Alors, l'oncle eut encore une idée : il le pria de les accompagner, malgré les protestations d'Auguste, qui déclarait ne plus vouloir déranger personne et qui parlait de rentrer chez lui. Trublot, du reste, refusait, l'air contraint. Non, il ne retournerait pas dans cette baraque. Et il évita de donner la vraie raison, une aventure stupéfiante, une gifle à toute volée qu'il avait reçue de la nouvelle cuisinière de Clarisse, comme il allait un soir la pincer, devant son fourneau. Comprenait-on ça? une gifle pour une politesse, histoire simplement de lier connaissance! Jamais ça ne lui était arrivé, il en restait étourdi.

— Non, non, dit-il en cherchant une excuse, je ne remets pas les pieds dans une maison où l'on s'embête... Vous savez que Clarisse est devenue assommante, et mauvaise comme la gale, et plus bourgeoise que les bourgeoises! Avec ça, elle a pris sa famille, depuis que son père est mort, toute une tribu de camelots, la mère, deux sœurs, un grand voyou de frère, jusqu'à une tante infirme, vous savez de ces têtes qui vendent des polichinelles sur les trottoirs... Ce que Duveyrier a l'air malheureux et sale, là-dedans!

Et il raconta que le jour de pluie où le conseiller avait retrouvé Clarisse sous une porte, elle s'était fâchée la première, en lui reprochant avec des larmes de ne l'avoir jamais respectée. Oui, elle avait quitté la rue de la Cerisaie, exaspérée par une souffrance de dignité personnelle, longtemps contenue. Pourquoi retirait-il sa décoration, quand il venait chez elle? croyait-il donc qu'elle l'aurait salie, sa décoration? Elle voulait bien se remettre avec lui, mais avant tout il allait lui jurer sur l'honneur qu'il garderait sa décoration, car elle tenait à son estime, elle entendait ne plus être blessée ainsi à chaque instant. Et Duveyrier avait juré, déconcerté par cette querelle, repris tout entier, troublé et attendri : elle avait raison, il lui trouvait l'âme haute.

— Il n'ôte plus son ruban, ajouta Trublot. Je crois qu'elle le fait coucher avec. Ça la flatte devant sa famille, cette fille... D'ailleurs, comme le gros Payan lui avait déjà croqué ses vingt-cinq mille francs de meubles, elle s'en est fait acheter cette fois pour trente mille. Oh! c'est fini, elle le tient par terre, sous son pied, le nez dans ses jupes. Faut-il qu'un homme aime le veau crevé?

— Allons, je pars, puisque monsieur Trublot ne peut venir, dit Auguste, dont ces histoires augmentaient les ennuis.

Mais alors Trublot déclara qu'il les accompagnait tout de même; seulement, il ne monterait pas, il leur indiquerait la porte. Et, après être allé prendre son chapeau et donner un prétexte, il les rejoignit dans le fiacre.

— Rue d'Assas, dit-il au cocher. Suivez la rue, je vous arrêterai.

Le cocher jura. Rue d'Assas, ah! malheur! en voilà des paroissiens qui aimaient la promenade! Enfin, on arriverait, quand on arriverait. Le grand cheval blanc fumait sans avancer, le cou cassé dans une salutation douloureuse, à chaque pas.

Cependant, Bachelard racontait déjà sa mésaventure à Trublot. Il avait l'infortune bruyante. Oui, avec ce cochon de Gueulin, une petite délicieuse! Il venait de les trouver en chemise. Mais, à ce point de son récit, il se souvint d'Auguste, affaissé dans un coin de la voiture, sombre et dolent.

— C'est vrai, pardon! murmura-t-il, j'oublie toujours.

Et, s'adressant à Trublot :

— Notre ami a un malheur dans son ménage, et c'est même pour ça que nous courons après Duveyrier... Oui, il a trouvé cette nuit sa femme...

Il acheva d'un geste, puis ajouta simplement :

— Octave, vous savez bien.

Trublot, d'opinions toujours carrées, allait dire que ça ne le surprenait pas. Seulement, il rattrapa sa phrase, il la remplaça par cette autre, pleine d'une colère dédaigneuse, et dont le mari n'osa lui demander l'explication :

— Quel idiot, cet Octave !

Sur cette appréciation de l'adultère, il y eut un silence. Chacun des trois hommes était enfoncé dans ses réflexions. Le fiacre ne marchait plus. Il semblait rouler depuis des heures sur un pont, lorsque Trublot, sortant le premier de sa rêverie, risqua cette remarque judicieuse.

— Cette voiture ne va pas fort.

Mais rien ne put hâter le trot du cheval, il était onze heures, lorsqu'on arriva rue d'Assas. Et, là, on perdit encore près d'un quart d'heure, car Trublot s'était vanté, il ne connaissait pas la porte. D'abord, il laissa le cocher suivre la rue jusqu'au bout, sans l'arrêter ; puis, il la lui fit redescendre, et cela à trois reprises. Auguste, sur ses indications précises, entrait, toutes les dix maisons ; mais les concierges repondaient qu'« ils n'avaient pas ça ». Enfin, une fruitière lui indiqua la porte. Il monta avec Bachelard, laissant Trublot dans le fiacre.

Ce fut le grand voyou de frère qui ouvrit. Il avait, collée aux lèvres, une cigarette, dont il leur souffla la fumée à la figure, en les introduisant dans le salon. Quand ils demandèrent M. Duveyrier, il se dandina d'un air blagueur, sans répondre. Puis, il disparut, pour aller le chercher peut-être. Au milieu du salon, en satin bleu, d'un luxe neuf et déjà taché de graisse, une des sœurs, la plus petite, assise sur le tapis, torchait une casserole apportée de la cuisine ; tandis que l'autre, la grande, tapait à poings fermés sur un magnifique piano, dont elle venait de trouver la clef. Toutes les deux, en voyant les messieurs entrer, avaient levé la tête ; mais elles ne s'étaient pas interrompues, tapant et torchant au contraire avec plus d'énergie. Cinq minutes se passèrent, personne ne se montrait. Les visiteurs se regardaient, assourdis, lorsque des hurlements, qui partaient d'une pièce voisine, achevèrent de les terrifier : c'était la tante infirme qu'on débarbouillait.

Enfin, une vieille femme, madame Bocquet, la mère de Clarisse, passa la tête par l'entrebâillement d'une porte, vêtue d'une robe si sale, qu'elle n'osait se faire voir.

— Ces messieurs désirent ? demanda-t-elle.

— Mais monsieur Duveyrier ! cria l'oncle perdant patience. Nous l'avons dit au domestique... Annoncez monsieur Auguste Vabre et monsieur Narcisse Bachelard.

Madame Bocquet avait refermé la porte. Maintenant l'aînée des sœurs montée sur le tabouret, tapait des coudes, et la petite, pour avoir le gratin, raclait la casserole avec une fourchette de fer. Cinq minutes s'écoulèrent encore. Puis, au milieu de ce tapage, qui ne semblait pas la gêner, Clarisse parut.

— Ah! c'est vous! dit-elle à Bachelard, sans même regarder Auguste.

L'oncle restait ahuri. Il ne l'aurait pas reconnue, tant elle engraissait. La grande diablesse, d'une maigreur de gamin, frisée comme un caniche, tournait à la petite mère, empâtée, avec des bandeaux luisant de pommade. Du reste, elle ne lui laissa pas le temps de trouver une parole, elle lui dit brutalement qu'elle n'avait pas besoin chez elle d'un cancanier de son espèce, qui allait raconter des horreurs à Alphonse; oui, parfaitement, il l'avait accusée de coucher avec les amis d'Alphonse, de les ramasser derrière son dos, à la pelle; et il ne pouvait pas dire non, car elle le tenait d'Alphonse lui-même.

— Vous savez, mon vieux, ajouta-t-elle, si vous venez pour godailler, vous pouvez prendre la porte.... C'est fini, la vie d'autrefois. A présent, je veux qu'on me respecte.

Et elle étala sa passion du comme il faut, grandie, tournée à l'idée fixe. Elle avait ainsi chassé un à un les invités de son amant, prise de véritables accès de rigorisme, défendant de fumer, voulant être appelée madame, exigeant des visites. Son ancienne drôlerie de surface et d'emprunt s'en était allée; et elle ne gardait que l'exagération de son rôle de grande dame, qui parfois crevait en gros mots et en gestes canailles. Peu à peu, la solitude se faisait de nouveau autour de Duveyrier : plus d'intérieur amusant, un coin de bourgeoisie féroce, où il retrouvait tous les ennuis de son ménage, dans de l'ordure et du vacarme. Comme disait Trublot, on ne s'embêtait pas davantage rue de Choiseul, et c'était moins sale.

— Nous ne venons pas pour vous, répondit Bachelard qui se remettait, habitué aux réceptions vives de ces dames. Il faut que nous parlions à Duveyrier.

Alors, Clarisse regarda l'autre monsieur. Elle crut reconnaître un huissier, sachant qu'Alphonse commençait à se mettre dans de vilains draps.

— Oh! après tout, je m'en moque, dit-elle. Vous pouvez bien le prendre et le garder... Pour le plaisir que j'ai à lui soigner ses boutons!

Elle ne se donnait même plus la peine de cacher son dégoût, certaine d'ailleurs que ses cruautés l'attachaient à elle davantage.

Et, ouvrant une porte :

— Allons! viens tout de même, puisque ces messieurs s'obstinent.

Il le maintenait dans la position d'une bête à l'abattoir (p. 371.)

Duveyrier, qui semblait attendre derrière la porte, entra et leur serra la main, en tâchant de sourire. Il n'avait plus son air jeune d'autrefois, quand il passait la soirée chez elle, rue de la Cerisaie ; une lassitude l'accablait, il était morne et diminué, avec des tressaillements, comme si des choses, derrière lui, l'inquiétaient.

Clarisse restait pour entendre. Bachelard, qui ne voulait pas parler devant elle, invita le conseiller à déjeuner.

— Acceptez donc, monsieur Vabre a besoin de vous. Madame sera assez bonne pour permettre...

Mais celle-ci s'était aperçu enfin que sa sœur cadette tapait sur le piano, et elle lui allongeait des claques, elle la flanquait à la porte, giflant et poussant dehors par la même occasion la plus petite, avec sa casserole. Ce fut un sabbat infernal. La tante infirme, à côté, se remit à hurler, croyant qu'on venait la battre.

— Entends-tu ma mignonne, murmura Duveyrier, ces messienrs m'invitent.

Elle ne l'écoutait pas, elle tâtait l'instrument avec une tendresse effrayée. Depuis un mois, elle apprenait le piano. C'était le rêve inavoué de toute sa vie, une ambition lointaine dont la réalisation seule devait la sacrer femme du monde. S'étant assurée qu'il n'y avait rien de cassé, elle allait retenir son amant pour lui être simplement désagréable, lorsque madame Bocquet montra une seconde fois la tête, en cachant sa jupe.

— Ton maître de piano, dit-elle.

Du coup, Clarisse, changeant d'idée, cria à Duveyrier :

— C'est ça, fiche-moi le camp !... Je déjeunerai avec Théodore. Nous n'avons pas besoin de toi.

Le maître de piano, Théodore, était un Belge, à large face rose. Elle s'assit tout de suite devant l'instrument ; et il lui posait les doigts sur les touches, il les frottait pour les déraidir. Un instant, Duveyrier hésita, visiblement très contrarié. Mais ces messieurs l'attendaient, il alla mettre ses bottes. Quand il revint, elle pataugeait dans des gammes, en déchaînant une tempête de notes fausses, dont Auguste et Bachelard étaient malades. Pourtant, lui, que le Mozart et le Beethoven de sa femme rendaient fou, s'arrêta une minute derrière sa maîtresse, parut goûter les sons, malgré les contractions nerveuses de son visage ; et, se tournant vers les deux autres, il murmura :

— Elle a des dispositions étonnantes.

Après l'avoir baisée sur les cheveux, il se retira discrètement, il la laissa avec Théodore. Dans l'antichambre, le grand voyou de frère lui demanda, de son air blagueur, vingt sous pour du tabac. Puis, comme, en descendant l'escalier, Bachelard s'étonnait de sa conversion aux charmes du piano, il jura ne l'avoir jamais détesté, il parla de l'idéal, dit combien les simples gammes de Clarisse lui remuaient l'âme, cédant à son continuel besoin de mettre des petites fleurs bleues, dans ses gros appétits de mâle.

En bas, Trublot, avait donné un cigare au cocher, dont il écoutait l'histoire avec le plus vif intérêt. L'oncle voulut absolument aller déjeuner chez Foyot; c'était l'heure, et l'on causerait mieux en mangeant. Puis, quand le fiacre fut parvenu à démarrer une fois encore, il mit au courant Duveyrier, qui devint très grave.

Le malaise d'Auguste paraissait avoir augmenté chez Clarisse, où il n'avait pas prononcé une parole; et, maintenant, brisé par cette promenade interminable, la tête prise tout entière et lourde de migraine, il s'abandonnait.

Lorsque le conseiller le questionna sur ce qu'il comptait faire, il ouvrit les yeux, il resta un moment plein d'angoisse, puis il répéta sa phrase :

— Me battre, parbleu !

Seulement, sa voix mollissait, et il ajouta en refermant les paupières, comme pour demander qu'on le laissât tranquille :

— A moins que vous ne trouviez autre chose.

Alors, dans les cahots laborieux du fiacre, ces messieurs tinrent un grand conseil. Duveyrier, ainsi que Bachelard, jugeait le duel indispensable ; il s'en montrait fort ému, à cause du sang, dont il voyait un flot noir salir l'escalier de son immeuble ; mais l'honneur le voulait, et l'on ne transigeait pas avec l'honneur. Trublot avait des idées plus larges : c'était trop bête, de mettre son honneur dans ce qu'il appelait par propreté la fragilité d'une femme. Aussi Auguste l'approuvait-il d'un mouvement las des paupières, outré à la fin de la rage belliqueuse des deux autres, dont le rôle pourtant aurait dû être tout de conciliation. Malgré sa fatigue, il fut forcé de raconter un fois encore la scène de la nuit, la gifle qu'il avait donnée, puis la gifle qu'il avait reçue ; et bientôt l'adultère disparut, la discussion porta uniquement sur ces deux gifles : on les commenta, on les analysa, pour tâcher d'y trouver une solution satisfaisante.

— En voilà des raffinements ! finit par dire Trublot avec mépris. S'ils se sont giflés tous les deux, eh bien ! ils sont quittes.

Duveyrier et Bachelard se regardèrent, ébranlés. Mais on arrivait au restaurant, et l'oncle déclara qu'on allait bien déjeuner d'abord. Ça leur éclaircirait les idées. Il les invitait, il commanda un déjeuner copieux, avec des plats et des vins extravagants, qui les retinrent trois heures dans un cabinet. On ne parla pas une fois du duel. Dès les hors-d'œuvre, la conversation étant forcément tombée sur les femmes, Fifi et Clarisse furent tout le temps expliquées, retournées, épluchées. Bachelard, maintenant, mettait les torts de son côté, pour ne pas avoir l'air, devant le conseiller, d'être lâché salement; tandis que celui-ci, prenant sa revanche du soir où l'oncle l'avait vu pleurer, au milieu de l'appartement vide, rue de la Cerisaie, mentait sur son bonheur, au point d'y croire et de s'attendrir lui-même. Devant eux, Auguste, que sa névralgie empêchait de manger et de boire, semblait les écouter, un coude sur la table, les yeux troubles. Au dessert, Trublot se rappela le cocher, oublié en bas; il lui fit porter le reste des plats et le fond des bouteilles, plein de sympathie; car, disait-il, il avait, à certains détails, flairé un ancien prêtre. Trois heures sonnèrent, Duveyrier se plaignait d'être assesseur dans la prochaine session de la cour d'assises; Bachelard, très ivre, crachait de côté, sur le pantalon de Trublot, qui ne s'en apercevait pas; et la journée se serait achevée là, au milieu des liqueurs, si Auguste ne s'était éveillé comme en sursaut.

— Alors, qu'est-ce qu'on fait? demanda-t-il.

— Eh bien! mon petit, répondit l'oncle qui le tutoya, si tu veux, nous allons te tirer gentiment d'affaire... C'est imbécile, tu ne peux pas te battre.

Personne ne parut surpris de cette conclusion. Duveyrier approuvait de la tête. L'oncle continua :

— Je vais monter avec monsieur chez ton particulier, et l'animal te fera des excuses, ou je ne m'appelle plus Bachelard... Rien qu'à me voir, il canera, justement parce que ma place n'est pas chez lui. Moi, je me fiche du monde!

Auguste lui serra la main; mais il n'eut pas même l'air soulagé, tant ses douleurs de tête devenaient insupportables. Enfin, on quitta le cabinet. Au bord du trottoir, le cocher déjeunait encore, dans le fiacre; et il dut secouer les miettes, complètement ivre, tapant en frère sur le ventre de Trublot. Seulement, le cheval, qui, lui, n'avait rien pris, refusa de marcher, avec un branle désespéré de la tête. On le poussa, il finit par descendre la rue de Tournon, comme s'il roulait. Quatre heures étaient sonnées, lorsqu'il s'arrêta rue de Choiseul. Auguste avait gardé le fiacre sept heures. Trublot, resté dedans, déclara qu'il le prenait pour lui et qu'il y attendait Bachelard, auquel il voulait offrir à dîner.

— Vrai! tu y as mis le temps! dit à son frère Théophile, qui s'était précipité. Je te croyais mort.

Et, dès que ces messieurs furent entrés dans le magasin, il raconta sa journée. Depuis neuf heures, il espionnait la maison. Mais rien n'y bougeait. A deux heures, Valérie était allée aux Tuileries avec leur fils Camille. Puis, vers trois heures et demie, il avait vu sortir Octave. Et rien autre, on ne remuait même pas chez les Josserand, à ce point que Saturnin, qui cherchait sa sœur sous les meubles, étant monté la demander, madame Josserand, pour se débarrasser de lui sans doute, lui avait fermé la porte au nez, en disant que Berthe n'était pas chez eux. Depuis ce moment, le fou rôdait, les dents serrées.

— C'est bon, dit Bachelard, nous allons attendre ce monsieur. Nous le verrons rentrer d'ici.

Auguste, la tête perdue, faisait des efforts pour rester debout. Alors, Duveyrier lui conseilla de se mettre au lit. Il n'y avait pas d'autre remède contre la migraine.

— Montez donc, nous n'avons plus besoin de vous. On vous fera connaître le résultat... Mon cher, les émotions ne vous valent rien.

Et le mari monta se coucher.

A cinq heures, les deux autres attendaient encore Octave. Celui-ci, d'abord sans but, désireux simplement de prendre l'air et d'oublier les catastrophes de la nuit, avait passé devant le *Bonheur des Dames*, où il s'était arrêté pour saluer madame Hédouin, en grand deuil, debout sur sa porte; et, comme il lui apprenait sa sortie de chez les Vabre, elle lui avait demandé tranquillement pourquoi il ne rentrerait pas chez elle. Ça c'était fait tout de suite, sans y penser. Quand il l'eut saluée de nouveau, après avoir promis de venir dès le lendemain, il continua sa flânerie, plein d'un vague regret. Toujours le hasard dérangeait ses calculs. Des projets l'absorbaient, il battait le quartier depuis une heure, lorsque, en levant la tête, il s'aperçut qu'il avait enfilé le couloir obscur du passage Saint-Roch. Devant lui, dans l'angle le plus noir, à la porte d'un garni louche, Valérie prenait congé d'un monsieur très barbu. Elle rougit, se sauva, poussa la porte rembourrée de l'église; puis, se voyant suivie par le jeune homme qui souriait, elle préféra l'attendre sous le porche, où ils se mirent à causer, très cordialement.

— Vous me fuyez, dit-il. Vous êtes donc fâchée contre moi?

— Fâchée? répondit-elle, pourquoi serais-je fâchée?... Ah! ils peuvent se manger entre eux, s'ils veulent, ça m'est bien égal!

Elle parlait de sa famille. Et, tout de suite, elle soulagea son ancienne rancune contre Berthe, d'abord par des allusions, tâtant le jeune homme; puis, quand elle le sentit sourdement las de sa maîtresse, encore exaspéré du drame de la nuit, elle ne se gêna plus, elle vida son cœur. Dire que cette femme l'avait accusée de se vendre, elle qui n'acceptait jamais un sou, pas même un cadeau! Si pourtant, des fleurs parfois, des bouquets de violettes. Et, maintenant, on savait laquelle des deux se vendait. Elle le lui avait prédit, qu'on verrait un jour ce qu'il faudrait y mettre, pour l'avoir.

— Hein? demanda-t-elle, ça vous a coûté plus cher qu'un bouquet de violettes.

— Oui, oui, murmura-t-il lâchement.

A son tour, il laissa échapper des choses désagréables sur Berthe, la disant méchante, la trouvant même trop grasse, comme s'il se vengeait des ennuis qu'elle lui causait. Toute la journée, il avait attendu les témoins du mari, et il allait rentrer pour s'assurer encore si personne n'était venu : une aventure stupide, un duel qu'elle aurait pu lui éviter. Il finit par conter leur rendez-vous si bête, leur querelle, puis l'arrivée d'Auguste, avant qu'ils se fussent seulement fait une caresse.

— Sur ce que j'ai de plus sacré, dit-il, il n'y avait pas encore eu ça entre nous!

Valérie riait, très animée. Elle glissait à l'intimité tendre de ces confidences, se rapprochait d'Octave comme d'une amie qui savait tout. Par moments, une dévote sortant de l'église, les dérangeait; puis, la porte retombait doucement, et ils se retrouvaient seuls, dans le tambour de drap vert, comme au fond d'un asile discret et religieux.

— J'ignore pourquoi je vis avec ces gens-là, reprit-elle en revenant à sa famille. Oh! sans doute, je ne suis pas sans reproche de mon côté. Mais, franchement, je ne puis avoir de remords, tant ils me touchent peu... Et si je vous avouais pourtant combien l'amour m'ennuie!

— Voyons, pas tant que ça! dit gaiement Octave. On est des fois moins bête que nous, hier... Il y a des moments heureux.

Alors, elle se confessa. Ce n'était point encore la haine de son mari, la continuelle fièvre dont il grelottait, dans une impuissance et une éternelle pleurnicherie de petit garçon, qui l'avait poussée à se mal conduire, six mois après son mariage; non, elle faisait ça sans le vouloir souvent, uniquement parce qu'il lui venait dans la tête des choses dont elle n'aurait pu expliquer le pourquoi. Tout se cassait, elle tombait malade, elle se serait tuée. Alors, comme rien ne la retenait, autant cette culbute-là qu'une autre.

— Bien vrai, jamais de bons moments? demanda de nouveau Octave, que ce point seul semblait intéresser.

— Enfin, jamais ce qu'on raconte, répondit-elle. Je vous le jure.

Il la regarda avec une sympathie pleine d'apitoiement. Pour rien, et sans joie : ça ne valait sûrement pas la peine qu'elle se donnait, dans ses continuelles peurs d'une surprise. Et il éprouvait surtout un soulagement d'amour-propre, car il souffrait toujours au fond de son ancien dédain. Voilà donc pourquoi elle s'était refusée, un soir! Il lui en parla.

— Vous vous rappelez, après une crise?

— Oui. Vous ne me déplaisiez pas, mais j'en avais si peu envie!... Et, tenez! ça vaut mieux, nous nous détesterions à cette heure.

Elle lui donnait sa petite main gantée. Il la serra en répétant :

— Vous avez raison, ça vaut mieux... Décidément, on n'aime bien que les femmes qu'on a pas eues.

C'était une grande douceur. Ils restèrent un instant la main dans la main, attendris. Puis, sans ajouter une parole, ils poussèrent la porte rembourrée de l'église, où elle avait laissé son fils Camille, à la garde de la loueuse de chaises. L'enfant s'était endormi. Elle le fit agenouiller, s'agenouilla un instant elle-même, la tête entre les mains, comme abîmée au fond d'une ardente prière. Et elle se relevait, lorsque l'abbé Mauduit, qui sortait d'un confessionnal, la saluait d'un paternel sourire.

Octave avait traversé simplement l'église. Quand il rentra chez lui, toute la maison fut remuée. Trublot seul, qui rêvait dans le fiacre, ne le vit pas. Des fournisseurs, sur leurs portes, le regardèrent gravement. Le papetier, en face, promenait encore les yeux le long de la façade, comme pour en fouiller les pierres; mais le charbonnier et la fruitière étaient déjà calmés, le quartier retombait à sa dignité froide. Sous la porte, au passage d'Octave, Lisa, en train de bavarder avec Adèle, dut se contenter de le dévisager; et toutes deux se remirent à se plaindre de la cherté de la volaille, sous l'œil sévère de M. Gourd, qui salua le jeune homme. Enfin celui-ci montait, lorsque madame Juzeur, aux aguets depuis le matin, entr'ouvrit sa porte, lui saisit les mains, l'attira dans son antichambre, où elle le baisa sur le front, en murmurant :

— Pauvre enfant!... Allez, je ne vous retiens pas. Revenez causer, quand tout sera fini.

Et il était à peine rentré, que Duveyrier et Bachelard se présentèrent. D'abord, stupéfait de voir l'oncle, il voulut leur donner les noms de deux de ses amis. Mais ces messieurs, sans répondre, parlèrent de leur âge et lui firent un sermon sur son inconduite. Puis, comme, au courant de la conversation, il annonçait son intention de quitter la maison au plus tôt, tous deux déclarèrent solennellement que cette preuve de tact leur suffisait. Il y avait eu assez de scandale, il était temps de faire aux honnêtes gens le sacrifice de ses passions. Duveyrier accepta le congé séance tenante et se retira, tandis que Bachelard, derrière son dos, invitait le jeune homme à dîner pour le soir.

— Hein? je compte sur vous. Nous sommes en noce, Trublot nous attend en bas... Moi, je me fiche d'Éléonore. Mais je ne veux pas la voir et je file devant, pour qu'on ne nous rencontre pas ensemble.

Il descendit. Cinq minutes plus tard, Octave ravi du dénouement de

Elle avait saisi les mains de Mme Josserand, elle les trempait de larmes, avouant tout à la mère (p. 381.)

l'aventure, le rejoignait. Il se glissa dans le fiacre, et le mélancolique cheval qui venait de promener le mari pendant sept heures, les traîna en boitant jusqu'à un restaurant des Halles, où l'on mangeait des tripes étonnantes.

Duveyrier avait retrouvé Théophile au fond du magasin. Valérie rentrait à peine, et tous trois causaient, lorsque Clotilde elle-même arriva, de retour d'un concert. Elle y était d'ailleurs allée bien tranquille, certaine, disait-elle, d'une solution satisfaisante pour tout le monde. Puis, il y eut un silence, un embarras entre les deux ménages. Théophile, du reste, pris d'un accès de toux abominable, crachait ses dents. Comme tous avaient intérêt à se réconcilier, ils finirent par profiter de l'émotion où les jetait les nouveaux ennuis de la famille. Les deux femmes s'embrassèrent, Duveyrier jura à Théophile que la succession du père Vabre le ruinait, et il promit pourtant de l'indemniser, en lui abandonnant ses loyers pendant trois ans.

— Il faut aller rassurer ce pauvre Auguste, fit enfin remarquer le conseiller.

Il montait, lorsque des cris terribles d'animal qu'on égorge partirent de la chambre à coucher. C'était Saturnin qui, armé de son couteau de cuisine, avait pénétré jusqu'à l'alcôve, en étouffant le bruit de ses pas. Et là, les yeux rouges comme des braises, la bouche écumeuse, il venait de se jeter sur Auguste.

— Dis, où l'as-tu fourrée? criait-il. Rends-la-moi, ou je te saigne comme un cochon!

Le mari, tiré en sursaut de sa somnolence douloureuse, voulut fuir. Mais le fou, avec la force de l'idée fixe, l'avait empoigné par un pan de sa chemise; et, le recouchant, lui posant le cou au bord du lit, au-dessus d'une cuvette qui se trouvait là, il le maintenait dans la position d'une bête à l'abattoir.

— Hein? ça y est, cette fois... Je te saigne, je te saigne comme un cochon!

Heureusement, on arrivait et on put dégager la victime. Il fallut enfermer Saturnin, pris de folie furieuse. Deux heures plus tard, le commissaire, averti, le faisait conduire pour la seconde fois à l'asile des Moulineaux, avec le consentement de la famille. Mais le pauvre Auguste restait grelottant. Il disait à Duveyrier, qui lui annonçait l'arrangement pris avec Octave.

— Non, j'aurais mieux aimé me battre. On ne peut pas se défendre contre un fou... Quelle rage a-t-il donc de vouloir me saigner, ce brigand, parce que sa sœur m'a fait cocu! Ah! j'en ai assez, mon ami, j'en ai assez, parole d'honneur.

XVI

Dans la matinée du mercredi, lorsque Marie avait amené Berthe à madame Josserand, celle-ci, suffoquée par une aventure dont elle sentait son orgueil atteint, était restée toute pâle, sans une parole.

Elle prit la main de sa fille avec la brutalité d'une sous-maîtresse qui jette au cabinet noir une élève coupable; et elle la conduisit à la chambre d'Hortense, l'y poussa, en disant enfin :

— Cachez-vous, ne paraissez plus... Vous tueriez votre père.

Hortense, qui se débarbouillait, fut stupéfaite. Rouge de honte, Berthe s'était jetée sur le lit défait, en sanglotant. Elle s'attendait à une explication immédiate et violente; elle avait préparé toute une défense, décidée à crier elle aussi, dès que sa mère irait trop loin; et cette rudesse muette, cette façon de la traiter en petite fille qui a mangé un pot de confiture, la laissait sans force, la ramenait à ses terreurs d'enfant, aux larmes qu'elle répandait jadis dans les coins, avec de grands serments d'obéissance.

— Qu'y a-t-il? qu'as-tu donc fait? demandait sa sœur, dont l'étonnement grandissait, en la voyant couverte d'un vieux châle, prêté par Marie. Est-ce que ce pauvre Auguste est tombé malade à Lyon?

Mais Berthe ne voulait pas répondre. Non, plus tard : c'étaient des choses qu'elle ne pouvait dire; et elle suppliait Hortense de s'en aller, de lui abandonner la chambre, où du moins elle pleurerait en paix. La journée se passa de la sorte. M. Josserand était parti à son bureau, sans se douter de rien; puis, quand il revint le soir, Berthe demeura cachée encore. Comme elle avait refusé toute nourriture, elle finit par manger avidement le petit dîner qu'Adèle lui servit en secret. La bonne était restée à la regarder, et devant son appétit :

— Ne vous faites donc pas de bile, prenez des forces... Allez, la maison est bien calme. Tant que de tués et de blessés, il n'y a personne de mort.

— Ah ! dit la jeune femme.

Elle interrogea Adèle, qui, longuement, conta la journée entière, le duel manqué, ce qu'avait dit monsieur Auguste, ce qu'avaient fait les Duveyrier et les Vabre. Elle l'écoutait, elle se sentait renaître, dévorant, redemandant du pain. En vérité, elle était trop bête de tant se chagriner, lorsque les autres paraissaient consolés déjà !

Aussi, vers dix heures, comme Hortense venait la rejoindre, l'accueillit-elle gaiement, les yeux secs. Et, étouffant leurs rires, elles s'amusèrent, quand elle voulut essayer un peignoir de sa sœur, qui lui était trop étroit : sa gorge, que le mariage avait gonflée, crevait l'étoffe. N'importe, en tirant sur les boutons, elle le mettrait le lendemain. Toutes deux se croyaient revenues à leur jeunesse, au fond de cette chambre, où elles avaient vécu des années côte à côte. Cela les attendrissait et les rapprochait, dans une affection qu'elles n'éprouvaient plus depuis longtemps. Elles durent coucher ensemble, car madame Josserand s'était débarrassée de l'ancien petit lit de Berthe. Lorsqu'elles furent allongées l'une près de l'autre, la bougie éteinte, les yeux grands ouverts sur les ténèbres, elles causèrent, ne pouvant dormir.

— Alors, tu ne veux pas me raconter? demanda de nouveau Hortense.

— Mais, ma chérie, répondit Berthe, tu n'es pas mariée, je ne peux pas... C'est une explication que j'ai eue avec Auguste. Tu entends, il est revenu...

Et, comme elle s'interrompait, sa sœur reprit avec impatience :

— Va donc ! va donc ! En voilà des affaires ! Mon Dieu ! à mon âge, je me doute bien !

Alors, Berthe se confessa, d'abord en cherchant les mots, puis en lâchant tout, parlant d'Octave, parlant d'Auguste. Hortense, sur le dos, dans le noir, l'écoutait, et elle ne jetait plus que de courtes phrases, pour la questionner ou donner son opinion : « Ensuite, qu'est-ce qu'il t'a dit?... Et toi, qu'est-ce que tu as éprouvé?... Tiens ! c'est drôle, je n'aimerais pas ça !... Ah ! vraiment, ça se passe de la sorte ! » Minuit, puis une heure, puis deux heures sonnèrent : elles remuaient toujours cette histoire, les membres peu à peu brûlés par les draps, prises d'insomnie. Berthe, dans cette demi-hallucination, oubliait sa sœur, en arrivait à penser tout haut, soulageant son cœur et sa chair des confidences les plus délicates.

— Oh ! moi, avec Verdier, ce sera bien simple, déclara Hortense brusquement. Je ferai comme il voudra.

Au nom de Verdier, Berthe eut un mouvement de surprise. Elle croyait le mariage rompu, car la femme avec laquelle il habitait depuis quinze années, venait d'avoir un enfant, juste au moment où il était sur le point de la lâcher.

— Tu comptes donc l'épouser quand même? demanda-t-elle.

— Tiens ! pourquoi pas?... J'ai fait la bêtise de trop attendre. Mais l'enfant va mourir. C'est une fille, elle est toute scrofuleuse.

Et, crachant le mot de maîtresse, dans un dégoût, elle montra sa haine d'honnête bourgeoise à marier, contre cette créature qui vivait depuis si longtemps avec un homme. Une manœuvre, pas davantage, son petit enfant ! oui, un prétexte qu'elle avait inventé, lorsqu'elle s'était aperçu que Verdier, après lui avoir acheté des chemises pour ne pas la renvoyer nue, voulait l'habituer à une séparation prochaine, en découchant de plus en plus fréquemment ! Enfin, on verrait, on attendrait.

— Pauvre femme ! laissa échapper Berthe.

— Comment ! pauvre femme ! cria Hortense avec aigreur. On voit que tu as des choses à te faire pardonner, toi aussi !

Tout de suite, elle regretta cette cruauté, elle prit sa sœur dans ses bras, l'embrassa, lui jura qu'elle ne l'avait pas dit exprès. Et elles se turent. Mais elles ne dormaient pas, elles continuaient l'histoire, les yeux grands ouverts sur les ténèbres.

Le lendemain matin, M. Josserand éprouva un malaise. Jusqu'à deux heures de la nuit, il s'était encore entêté à faire des bandes, malgré un accablement, une diminution lente de ses forces, dont il se plaignait depuis quelques mois. Il se leva pourtant, s'habilla ; mais, au moment de partir pour son bureau, il se sentit si épuisé, qu'il envoya un commissionnaire avec une lettre, voulant prévenir les frères Bernheim de son indisposition.

La famille allait prendre son café au lait. C'était un déjeuner fait sans nappe, dans la salle à manger encore grasse du dîner de la veille. Ces dames venaient en camisole, trempées d'eau, les cheveux simplement relevés. En voyant son mari rester, madame Josserand avait résolu de ne pas cacher Berthe davantage, ennuyée déjà de tout ce mystère, redoutant du reste, à chaque minute, de voir Auguste monter faire une scène.

— Comment ! tu déjeunes ! qu'y a-t-il donc? dit le père très surpris, quand il aperçut sa fille, les yeux gros de sommeil, la gorge écrasée dans le peignoir trop étroit d'Hortense.

— Mon mari m'a écrit qu'il restait à Lyon, répondit-elle, et j'ai eu l'idée de passer la journée avec vous.

C'était un mensonge arrangé entre les deux sœurs. Madame Josserand, qui gardait sa raideur de sous-maîtresse, ne le démentit pas. Mais le père examinait Berthe, troublé, averti d'un malheur; et, l'histoire lui semblant singulière, il allait demander comment le magasin marcherait sans elle, lorsqu'elle vint l'embrasser sur les deux joues, de son air gai et câlin d'autrefois.

— Bien vrai? tu ne caches rien? murmura-t-il.

— Quelle idée! pourquoi veux-tu que je te cache quelque chose?

Madame Josserand se permit simplement de hausser les épaules. A quoi bon tant de précautions? pour gagner une heure peut-être, ça ne valait pas la peine : il faudrait toujours que le père reçût le coup. Cependant, le déjeuner fut joyeux. M. Josserand, ravi de se retrouver entre ses deux filles, se croyait encore aux jours anciens, lorsqu'elles l'égayaient, à peine éveillées, avec leurs rêves de gamines. Elles gardaient pour lui leur bonne odeur de jeunesse, les coudes sur la table, trempant leurs tartines, riant la bouche pleine. Et tout le passé achevait de renaître, quand il voyait en face d'elle le visage rigide de leur mère, énorme et débordante dans une vieille robe de soie verte, qu'elle finissait d'user le matin, sans corset.

Mais une scène fâcheuse gâta le déjeuner. Tout d'un coup, madame Josserand interpella la bonne.

— Qu'est-ce que vous mangez donc?

Depuis un instant, elle la surveillait. Adèle, en savates, tournait lourdement autour de la table.

— Rien, madame, répondit-elle.

— Comment! rien!... Vous mâchez, je ne suis pas aveugle. Tenez! vous en avez encore plein les dents. Oh! vous aurez beau vous creuser les joues, ça se voit tout de même... Et c'est dans votre poche, n'est-ce pas? ce que vous mangez.

Adèle se troubla, voulut reculer. Mais madame Josserand l'avait saisie par la jupe.

— Voilà un quart d'heure que je vous vois sortir des choses de là-dedans et vous les fourrer sous le nez, en les cachant dans le creux de votre main... C'est donc bien bon? Montrez un peu.

Elle fouilla à son tour et retira une poignée de pruneaux cuits. Du jus coulait encore.

— Qu'est-ce que c'est que ça? cria-t-elle furieusement.

— Des pruneaux, madame, dit la bonne, qui, se voyant découverte, devenait insolente.

Tu ne dis rien, c'est donc vrai?... A genoux, alors! (p. 388.)

— Ah! vous mangez mes pruneaux! C'est donc ça qu'ils filent si vite et qu'ils ne reparaissent plus sur la table!... S'il est possible, des pruneaux! dans une poche!

Et elle l'accusa de boire aussi son vinaigre. Tout disparaissait; on ne pouvait laisser traîner une pomme de terre, sans être certain de ne plus la retrouver.

— Vous êtes un gouffre, ma fille.

— Donnez-moi de quoi manger, répliqua carrément Adèle, je ne dirai rien à vos pommes de terre.

Ce fut le comble. Madame Josserand se leva, majestueuse, terrible.

— Taisez-vous, répondeuse!... Oh! je sais, ce sont les autres bonnes qui vous gâtent. Dès qu'il y a, dans une maison, une bête qui débarque de sa province, il faut que les coquines de tous les étages la mettent au courant d'un tas d'horreurs... Vous n'allez plus à la messe, et vous volez, maintenant!

Adèle, la tête montée en effet par Lisa et par Julie, ne céda pas.

— Quand j'étais une bête, comme vous dites, fallait pas abuser... C'est fini.

— Sortez, je vous chasse! cria madame Josserand, la main tendue vers la porte, dans un geste tragique.

Elle s'assit, secouée, pendant que la bonne, sans se presser, traînait ses savates et avalait encore un pruneau, avant de retourner dans sa cuisine. On la chassait ainsi une fois par semaine; ça ne l'émotionnait plus. Autour de la table, il y eut un silence pénible. Hortense finit par dire que ça n'avançait à rien, de toujours la flanquer dehors, pour toujours la garder ensuite. Sans doute elle volait et elle devenait insolente; mais autant celle-là qu'une autre, car elle consentait à les servir au moins, tandis qu'une autre ne les tolérerait pas huit jours, même avec l'agrément de boire le vinaigre et de fourrer les pruneaux dans sa poche.

Le déjeuner, cependant, s'acheva dans une intimité attendrie. M. Josserand, très ému, parla de ce pauvre Saturnin qui s'était fait reconduire là-bas, la veille, pendant son absence; et il croyait à un accès de folie furieuse, au milieu du magasin, car on lui avait conté cette histoire. Ensuite, comme il se plaignait de ne plus voir Léon, madame Josserand, redevenue muette, déclara sèchement qu'elle l'attendait le jour même; peut-être viendrait-il déjeuner. Depuis une semaine, le jeune homme avait rompu avec madame Dambreville, qui, pour tenir sa promesse, voulait le marier à une veuve, sèche et noire; mais lui entendait épouser une nièce de M. Dambreville, une créole très riche et d'une beauté éclatante, débarquée au mois de septembre chez son oncle, après avoir perdu son père, mort aux Antilles. Et il y avait eu des scènes terribles entre les deux amants, madame Dambreville refusait sa nièce à Léon, brûlée de jalousie, ne pouvant se résigner devant cette fleur adorable de jeunesse.

— Où en est le mariage? demanda M. Josserand avec discrétion.

D'abord, la mère répondit en phrases expurgées, à cause d'Hortense. Maintenant, elle était aux pieds de son fils, un garçon qui réussissait; et même elle le jetait parfois à la face du père, en disant que, Dieu merci! celui-là tenait d'elle et qu'il ne laisserait pas sa femme sans souliers. Peu à peu, elle s'échauffa.

— Enfin, il en a assez! C'est bon un moment, ça ne lui a pas été nuisible. Mais, si la tante ne donne pas la nièce, bonsoir! il lui coupe les vivres... Moi, je l'approuve.

Hortense, par décence, se mit à boire son café, en affectant de disparaître derrière le bol; tandis que Berthe, qui pouvait tout entendre désormais, avait une légère moue de répugnance pour les succès de son frère. La famille allait se lever de table, et M. Josserand, ragaillardi, se sentant beaucoup mieux, parlait de se rendre quand même à son bureau, lorsque Adèle apporta une carte. La personne attendait au salon.

— Comment, c'est elle! à cette heure-ci! s'écria madame Josserand. Et moi qui n'ai pas de corset!... Tant pis! il faut que je lui dise ses vérités!

C'était justement madame Dambreville. Le père et les deux filles restèrent alors à causer dans la salle à manger, pendant que la mère se dirigeait vers le salon. Devant la porte, avant de la pousser, elle examina d'un œil inquiet sa vieille robe de soie verte, tâcha de la boutonner, l'éplucha des fils ramassés sur les parquets; et elle fit rentrer d'une tape sa gorge débordante.

— Vous m'excusez, chère madame, dit la visiteuse avec un sourire. Je passais, j'ai voulu avoir de vos nouvelles.

Elle était sanglée, coiffée, collée, dans une toilette d'une correction parfaite, et elle avait l'aisance d'une femme aimable, montée pour donner le bonjour à une amie. Seulement, son sourire tremblait, on sentait derrière ses grâces mondaines une angoise affreuse, dont frissonnait tout son être. Elle parla d'abord de mille choses, évita de prononcer le nom de Léon, puis sortit lentement de sa poche une lettre de lui, qu'elle venait de recevoir.

— Oh! une lettre, une lettre, murmura-t-elle, la voix changée, gagnée par les larmes. Qu'a-t-il donc contre moi, chère madame? Le voilà qui ne veut plus remettre les pieds chez nous!

Et sa main fiévreuse tendait la lettre, qui remuait. Madame Josserand la prit, la lut froidement. C'était une rupture, en trois lignes d'une concision cruelle.

— Mon Dieu! dit-elle en la lui rendant, Léon n'a peut-être pas tort...

Mais, tout de suite, madame Dambreville vanta la veuve, une femme de trente-cinq ans à peine, du plus grand mérite, suffisamment riche, qui ferait un ministre de son mari, tant elle était active. Enfin, elle tenait ses promesses, elle trouvait pour Léon un beau parti : qu'avait-il à se fâcher? Et, sans attendre une réponse, se décidant dans un tressaillement nerveux, elle nomma Raymonde, sa nièce. Vraiment, était-ce possible? une gamine de seize ans, une sauvage qui ne savait rien de l'existence!

— Pourquoi pas? répétait madame Josserand à chaque interrogation, pourquoi pas, s'il l'aime?

Non! non! il ne l'aimait pas, il ne pouvait pas l'aimer! Madame Dambreville se débattait, s'abandonnait.

— Voyons, cria-t-elle, je ne lui demande qu'un peu de gratitude... C'est moi qui l'ai fait, c'est grâce à moi qu'il est auditeur, et il trouvera sa nomination de maître des requêtes dans la corbeille... Madame, je vous en supplie, dites-lui qu'il revienne, dites-lui qu'il me fasse ce plaisir.. Je m'adresse à son cœur, à votre cœur de mère, oui, à tout ce que vous avez de noble...

Elle joignit les mains, ses paroles se brisaient. Il y eut un silence, toutes deux restaient face à face. Et, brusquement, elle éclata en gros sanglots, vaincue, emportée, bégayant :

— Pas avec Raymonde, oh! non, pas avec Raymonde!

C'était une rage d'amour, le cri d'une femme qui refuse de vieillir, qui se cramponne au dernier homme, dans la crise ardente du retour d'âge. Elle avait saisi les mains de madame Josserand, elle les trempait de larmes, avouant tout à la mère, s'humiliant devant elle, répétant qu'elle seule pouvait agir sur son fils, jurant un dévouement de servante, si elle le lui rendait. Sans doute, elle n'était pas venue pour dire ces choses; elle se promettait, au contraire, de ne rien laisser deviner; mais son cœur crevait, il n'y avait pas de sa faute.

— Taisez-vous, ma chère, vous me faites honte, répondait madame Josserand, l'air fâché. J'ai des filles qui peuvent vous entendre... Moi, je ne sais rien, je ne veux rien savoir. Si vous avez des affaires avec mon fils, arrangez-vous ensemble. Jamais je n'accepterai un rôle équivoque.

Pourtant, elle l'accabla de conseils. A son âge, on devait se résigner. Dieu lui serait d'un grand secours. Mais il fallait qu'elle livrât sa nièce, si elle voulait offrir au ciel son sacrifice comme une expiation. Du reste, la veuve ne convenait pas du tout à Léon, qui avait besoin d'une femme de visage aimable, pour donner des dîners. Et elle parla de son fils avec admiration, flattée dans son orgueil, le détaillant, le montrant digne des plus jolies personnes.

— Songez donc, chère amie, qu'il n'a pas trente ans. Je serais désolée de vous désobliger, mais vous pourriez être sa mère... Oh! il sait ce qu'il vous doit, et je suis moi-même pénétrée de reconnaissance. Vous resterez son bon ange. Seulement, quand c'est fini, c'est fini. Vous n'espériez peut-être pas le garder toujours!

Et, comme la malheureuse refusait d'entendre raison, voulait le ravoir simplement, tout de suite, la mère se fâcha.

— Eh! madame, allez vous promener à la fin! Je suis trop bonne d'y mettre de la complaisance... Il ne veut plus, cet enfant! ça s'explique. Regardez-vous donc! C'est moi qui le rappellerais au devoir, s'il cédait encore à vos exigences; car, je vous le demande, quel intérêt ça peut-il avoir pour vous deux, désormais?... Justement, il va venir, et si vous avez compté sur moi...

De toutes ces paroles, madame Dambreville n'entendit que la dernière phrase. Depuis huit jours, elle poursuivait Léon, sans parvenir à le voir. Son visage s'éclaira, elle jeta ce cri de son cœur :

— S'il doit venir, je reste!

Dès lors, elle s'installa, s'alourdit comme une masse dans un fauteuil, les regards fixés sur le vide, ne répondant plus, avec l'obstination d'une bête qui ne cédera pas, même sous les coups. Madame Josserand, désolée d'avoir trop parlé, exaspérée de cette borne tombée dans son salon, et qu'elle n'osait pourtant pousser dehors, finit par la laisser seule. D'ailleurs, un bruit venu de la salle à manger l'inquiétait : elle croyait reconnaître la voix d'Auguste.

— Parole d'honneur! madame, on n'a jamais vu ça! dit-elle en refermant violemment la porte. C'est de la dernière indiscrétion!

En effet, Auguste était monté pour avoir avec les parents de sa femme l'explication dont il méditait les termes depuis la veille. M. Josserand, de plus en plus gaillard, et détourné décidément du bureau par une pensée de débauche, proposait une promenade à ses filles, lorsque Adèle vint annoncer le mari de madame Berthe. Ce fut un effarement. La jeune femme avait pâli.

— Comment! ton mari? dit le père. Mais il était à Lyon!... Ah! vous mentiez! Il y a un malheur, voilà deux jours que je le sens.

Et, comme elle se levait, il la retint.

— Parle, vous vous êtes encore disputés? pour l'argent, n'est-ce pas? Hein? peut-être à cause de la dot, des dix mille francs que nous ne lui avons pas payés?

— Oui, oui, c'est ça, balbutia Berthe, qui se dégagea et qui s'enfuit.

Hortense, elle aussi, s'était levée. Elle rejoignit sa sœur en courant, toutes deux se réfugièrent dans sa chambre. Leurs jupons envolés avaient laissé un frisson de panique, le père se trouva brusquement seul devant la table, au milieu de la salle à manger silencieuse. Tout son malaise lui remontait au visage, une pâleur terreuse, une lassitude désespérée de la vie. L'heure qu'il redoutait, qu'il attendait avec une honte pleine d'angoisse, était arrivée : son gendre allait parler de l'assurance; et lui, devrait avouer l'expédient de malhonnête homme auquel il avait consenti.

— Entrez, entrez mon cher Auguste, dit-il la voix étranglée. Berthe vient de m'avouer la querelle. Je ne suis pas très bien portant, et l'on me gâte... Vous me voyez désespéré de ne pouvoir vous donner cet argent. Ma faute a été de promettre, je le sais...

Il continua péniblement, de l'air d'un coupable qui fait des aveux: Auguste l'écoutait, surpris. Il s'était renseigné, il connaissait la cuisine louche de l'assurance; mais il n'aurait point osé réclamer le versement des dix mille francs, de peur que la terrible madame Josserand ne l'envoyât d'abord au tombeau du père Vabre toucher ses dix mille francs, à lui. Toutefois puisqu'on lui en parlait, il partit de là. C'était un premier grief.

— Oui, monsieur, je sais tout, vous m'avez absolument fichu dedans, avec vos histoires. Ce me serait encore égal, de ne pas avoir l'argent; mais c'est l'hypocrisie qui m'exaspère! Pourquoi cette complication d'une assurance qui n'existait pas? Pourquoi se donner des airs de tendresse et de sensibilité, en offrant d'avancer des sommes que vous disiez ne pouvoir toucher que trois ans plus tard. Et vous n'aviez pas un sou!... Une telle façon d'agir porte un nom dans tous les pays.

M. Josserand ouvrit la bouche pour crier : « Ce n'est pas moi, ce sont eux! » Mais il gardait une pudeur de la famille, il baissa la tête, acceptant la vilaine action. Auguste continuait :

— D'ailleurs, tout le monde était contre moi, Duveyrier s'est encore conduit là comme un pas grand'chose, avec son gredin de notaire; car je demandais qu'on mît l'assurance dans le contrat, à titre de garantie, et l'on m'a imposé silence... Si j'avais exigé cela, pourtant, vous commettiez un faux. Oui, monsieur, un faux!

Très pâle, le père s'était levé à cette accusation, et il allait répondre, offrir son travail, acheter le bonheur de sa fille de toute l'existence qu'il lui lui restait à vivre, lorsque madame Josserand, jetée hors d'elle par l'entêtement de madame Dambreville, ne faisant plus attention à sa vieille robe de soie verte dont sa gorge courroucée achevait de crever le corsage, entra comme dans un coup de vent.

— Hein? quoi? cria-t-elle, qui parle de faux? C'est monsieur?... Allez d'abord au Père-Lachaise, monsieur, pour voir si la caisse de votre père est ouverte!

Auguste s'y attendait, mais il n'en fut pas moins horriblement vexé. Du reste elle ajoutait, la tête haute, écrasante d'aplomb :

— Nous les avons, vos dix mille francs. Oui, ils sont là dans un tiroir... Mais nous ne vous les donnerons que lorsque monsieur Vabre sera revenu vous donner les vôtres... En voilà une famille! un père joueur qui nous fiche tous dedans, et un beau-frère voleur qui colle la succession dans sa poche!

— Voleur! voleur! bégaya Auguste, poussé à bout, les voleurs sont ici, madame!

Tous deux, le visage enflammé, s'étaient plantés l'un devant l'autre. M. Josserand, que ces violences brisaient, les sépara. Il les suppliait d'être calmes; et, secoué d'un tremblement, il fut obligé de s'asseoir.

— En tous cas, reprit le gendre après un silence, je ne veux pas de salope dans mon ménage... Gardez votre argent et gardez votre fille. J'étais monté pour vous dire ça.

— Vous changez de question, fit remarquer tranquillement la mère. C'est bon, nous allons en causer.

Mais le père, sans force pour se lever, les regardait d'un air d'épouvante. Il ne comprenait plus. Que disaient-ils? Quelle était donc la salope? Puis, lorsque, à les entendre, il sut que c'était sa fille, il y eut en lui un déchirement, une plaie ouverte, par où son reste de vie s'en allait. Mon Dieu! il mourrait donc de son enfant? Il serait puni de toutes ses faiblesses, en elle, qu'il n'avait pas su élever? Déjà, l'idée qu'elle vivait endettée, continuellement aux prises avec son mari, lui gâtait sa vieillesse, lui faisait revivre les tourments de sa propre existence. Et voilà, maintenant, qu'elle tombait à l'adultère, à ce dernier degré de vilenie pour une femme, qui révoltait son honnêteté simple de brave homme! Muet, pris d'un grand froid, il écoutait la dispute des deux autres.

— Je vous avais bien dit qu'elle me tromperait! criait Auguste d'un air de triomphe indigné.

— Et je vous ai répondu que vous faisiez tout pour çà! déclarait victorieusement madame Josserand. Oh! je ne donne pas raison à Berthe; c'est idiot, sa machine; et elle ne perdra pas pour attendre, je lui dirai ma façon de voir... Mais enfin, puisqu'elle n'est pas là je puis le constater : vous seul êtes coupable.

— Comment coupable!

— Sans doute, mon cher. Vous ne savez pas prendre les femmes...

C'est fini.... Elles m'ont tué. (p. 396.

Tenez! un exemple. Est-ce que vous daignez seulement venir à mes mardis? Non, vous restez au plus une demi-heure, et trois fois dans la saison. On a beau avoir toujours mal à la tête, on est poli... Oh! bien sûr, ce n'est pas un grand crime; n'importe, vous voilà jugé, vous manquez de savoir-vivre.

Sa voix sifflait d'une rancune lentement amassée; car, en mariant sa fille, elle avait surtout compté sur son gendre pour meubler son salon. Et il n'amenait personne, il ne venait même pas : c'était la fin d'un de ses rêves, jamais elle ne lutterait contre les chœurs des Duveyrier.

— Du reste, ajouta-t-elle avec ironie, je ne force personne à s'amuser chez moi.

— Le fait est qu'on ne s'y amuse guère, répondit-il, impatienté.

Du coup, elle s'emporta.

— Allons, prodiguez vos insultes!... Sachez, monsieur, que j'aurais tout le beau monde de Paris, si je voulais, et que je n'ai pas attendu après vous pour tenir mon rang!

Il n'était plus question de Berthe, l'adultère avait disparu dans cette querelle personnelle. M. Josserand les écoutait toujours, comme s'il eût roulé au fond d'un cauchemar. Ce n'était pas possible, sa fille ne pouvait lui faire ce chagrin; et, péniblement, il finit par se lever, il sortit, sans dire une parole, pour aller chercher Berthe. Dès qu'elle serait là, elle se jetterait au coup d'Auguste, on s'expliquerait, on oublierait tout. Il la trouva en train de se disputer avec Hortense, qui la poussait à implorer son mari, ayant assez d'elle déjà, et craignant de partager sa chambre longtemps. La jeune femme résistait; pourtant, elle finit par le suivre. Comme ils rentraient dans la salle à manger, où les bols du déjeuner traînaient encore, madame Josserand criait :

— Non, parole d'honneur! je ne vous plains pas.

En apercevant Berthe, elle se tut, elle retomba dans sa majesté sévère. Auguste avait eu, à la vue de sa femme, un grand geste de protestation, comme pour l'ôter de son chemin.

— Voyons, dit M. Josserand de sa voix douce et tremblante, qu'est-ce que vous avez tous? Je ne sais plus, vous me rendez fou avec vos histoires... N'est-ce pas? mon enfant, ton mari se trompe. Tu vas lui expliquer... Il faut avoir un peu pitié des vieux parents. Faites-le pour moi, embrassez-vous.

Berthe, qui aurait embrassé Auguste tout de même, restait gauche, étranglée dans son peignoir, en le voyant se reculer d'un air de répugnance tragique.

— Comment! tu refuses, ma mignonne? continuait le père. Tu dois faire le premier pas... Et vous, mon cher garçon, encouragez-la, soyez indulgent.

Le mari enfin éclata.

— L'encourager, ah bien!... Je l'ai trouvée en chemise, monsieur! et avec cet homme! Vous moquez-vous de moi, de vouloir que je l'embrasse!... En chemise, monsieur!

M. Josserand restait béant. Puis, il saisit le bras de Berthe.

— Tu ne dis rien, c'est donc vrai?... A genoux, alors!

Mais Auguste avait gagné la porte. Il se sauvait.

— Inutile! ça ne prend plus, vos comédies!... N'essayez pas de me la coller encore sur les épaules, c'est trop d'une fois. Entendez-vous, jamais! j'aimerais mieux plaider. Passez-la à un autre, si elle vous embarrasse. Et, d'ailleurs, vous ne valez pas mieux qu'elle!

Il attendit d'être dans l'antichambre, il se soulagea de ce dernier cri :

— Oui, quand on fait une garce de sa fille, on ne la fourre pas à un honnête homme!

La porte de l'escalier battit, un profond silence régna. Berthe, machinalement, avait repris sa place devant la table, baissant les yeux, regardant un reste de café, au fond de son bol; tandis que sa mère marchait à grands pas, emportée dans la tempête de ses grosses émotions. Le père, épuisé, avec un visage blême d'agonie, s'était assis tout seul, à l'autre bout de la pièce, contre un mur. Une odeur de beurre rance, de beurre de mauvaise qualité acheté exprès aux Halles, empoisonnait la pièce.

— Maintenant que ce grossier est parti, dit madame Josserand, on peut s'entendre... Ah! monsieur, voilà les résultats de votre incapacité. Reconnaissez-vous enfin vos torts? croyez-vous qu'on viendrait chercher des querelles pareilles à un des frères Bernheim, à un propriétaire de la cristallerie Saint-Joseph? Non, n'est-ce pas? Si vous m'aviez écouté, si vous aviez mis vos patrons dans votre poche, ce grossier serait à nos genoux, car il ne demande évidemment que de l'argent... Ayez de l'argent et vous serez considéré, monsieur. Il vaut mieux faire envie que pitié. Quand j'ai eu vingt sous, j'ai toujours dit que j'en avais quarante... Mais vous, monsieur, vous vous fichez que j'aille les pieds nus, vous avez trompé indignement votre femme et vos filles, en les traînant dans une vie de meurt-de-faim. Oh! ne protestez pas, tous nos malheurs viennent de là!

M. Josserand, les regards éteints, n'avait pas même fait un mouvement. Elle s'était arrêtée devant lui, avec le besoin enragé d'une scène; puis, le voyant immobile, elle reprit sa marche.

— Oui, oui, jouez le dédain. Vous savez que ça ne m'émeut guère... Et nous verrons si vous osez encore dire du mal de ma famille, après tout ce qui se passe dans la vôtre. Mais l'oncle Bachelard est un aigle! mais ma sœur est trop polie! Tenez, voulez-vous connaître mon opinion? eh bien! mon père ne serait pas mort, que vous l'auriez tué... Quant au vôtre, de père...

La pâleur de M. Josserand augmentait. Il murmura :

— Je t'en supplie, Éléonore... Je t'abandonne mon père, je t'abandonne toute ma famille... Seulement, je t'en supplie, laisse-moi. Je ne me sens pas bien.

Berthe, apitoyée, avait levé la tête.

— Maman, laisse-le, dit-elle.

Alors, se tournant contre sa fille, madame Josserand repartit avec plus de violence.

— Toi, je te gardais, attends un peu !... Oui, depuis hier, j'amasse. Mais, je te préviens, ça déborde, ça déborde... Avec ce calicot, si c'est possible! Tu as donc perdu toute fierté? Moi, je croyais que tu l'utilisais, que tu étais aimable, juste assez pour lui faire prendre à cœur la vente, en bas; et je t'aidais, je l'encourageais... Enfin, dis-moi quel intérêt as-tu vu là dedans?

— Aucun, bien sûr, balbutia la jeune femme.

— Pourquoi l'as-tu pris alors? C'était encore plus bête que vilain.

— Tu es drôle, maman : on ne sait jamais, dans ces affaires-là.

Madame Josserand s'était remise à marcher.

— Ah! on ne sait jamais! Eh bien! si, il faut savoir!... Je vous demande un peu, se mal conduire! mais ça n'a pas une ombre de bon sens, c'est ce qui m'exaspère! Est-ce que je t'ai dit de tromper ton mari? est-ce que j'ai trompé ton père, moi? Il est là, questionne-le. Qu'il parle, s'il m'a jamais surprise avec un homme.

Sa marche se ralentissait, devenait majestueuse; et elle donnait sur son corsage vert, de grandes tapes qui lui rejetaient la gorge sous les bras.

— Rien, pas une faute, pas un oubli, même en pensée. Ma vie est chaste... Et Dieu sait pourtant si ton père m'en a fait supporter! J'aurais eu toutes les excuses, bien des femmes se seraient payé des vengeances. Mais j'avais du bon sens, ça m'a sauvée... Aussi, tu le vois, il n'a pas un mot à dire. Il reste là, sur une chaise, sans trouver une raison. J'ai tous les droits, je suis honnête... Ah! grande cruche, tu ne te doutes pas de ta bêtise!

Et, doctement, elle fit un cours pratique de morale, dans la question de l'adultère. Est-ce que, maintenant, Auguste n'était pas autorisé à la traiter en maître? Elle lui avait fourni une arme terrible. Même s'ils se remettaient ensemble, elle ne pourrait lui chercher la moindre dispute, sans recevoir immédiatement son paquet. Hein? la jolie position! comme elle prendrait de l'agrément, à plier l'échine toujours! C'était fini, elle devait dire adieu aux petits bénéfices qu'elle aurait tirés d'un mari obéissant, des gentillesses et des égards. Non, plutôt vivre honnête, que de ne plus être la maîtresse de crier chez soi!

Devant Dieu! dit-elle, moi, je jure que je me serais retenue, même si l'empereur m'avait tourmentée!... On y perd trop.

Elle fit quelques pas en silence, parut réfléchir, puis ajouta :

— D'ailleurs, c'est la plus grande des hontes.

M. Josserand la regardait, regardait sa fille, remuant les lèvres sans parler; et tout son être meurtri les conjurait de cesser cette explication cruelle. Mais Berthe, qui pliait devant les violences, restait blessée de la leçon de sa mère. A la fin, elle se révoltait, car elle avait l'inconscience de sa faute, dans son ancienne éducation de fille à marier.

— Dame! dit-elle, en mettant carrément les coudes sur la table, il ne fallait pas me faire épouser un homme que je n'aimais pas... Maintenant, je le hais, j'en ai pris un autre.

Et elle continua. L'histoire entière de son mariage revenait, dans ses phrases courtes, lâchées par lambeaux : les trois hivers de chasse à l'homme, les garçons de tous poils aux bras desquels on la jetait, les insuccès de cette offre de son corps, sur les trottoirs autorisés des salons bourgeois; puis, ce que les mères enseignent aux filles sans fortune, tout un cours de prostitution décente et permise, les attouchements de la danse, les mains abandonnées derrière une porte, les impudeurs de l'innocence spéculant sur les appétits des niais; puis, le mari fait un beau soir, comme un homme est fait par une gueuse, le mari raccroché sous un rideau, excité et tombant au piège, dans la fièvre de son désir.

— Enfin, il m'embête et je l'embête, déclara-t-elle. Ce n'est pas ma faute, nous ne nous comprenons pas... Dès le lendemain, il a eu l'air de croire que nous l'avions mis dedans; oui, il était refroidi, désolé, comme les jours où il rate une vente... Moi, de mon côté, je ne le trouvais guère drôle. Vrai! si le mariage n'offrait pas plus d'agrément! Et c'est parti de là. Tant pis! ça devait arriver, je ne suis pas la plus coupable.

Elle se tut, puis ajouta avec une conviction profonde :

— Ah! maman, comme je te comprends, aujourd'hui!... Tu te rappelles? quand tu nous disais que tu en avais par-dessus la tête.

Madame Josserand, debout devant elle, l'écoutait depuis un instant, dans une stupeur indignée.

— Moi! j'ai dit ça! cria-t-elle.

Mais Berthe, lancée, ne s'arrêtait plus.

— Tu l'as dit vingt fois... Et, d'ailleurs, j'aurais voulu te voir à ma place. Auguste n'est pas gentil comme papa. Vous vous seriez battus pour l'argent, au bout de huit jours... C'est celui-là qui t'aurait fait dire tout de suite que les hommes ne sont bons qu'à être fichus dedans!

— Moi! j'ai dit ça! répéta la mère hors d'elle.

Elle s'avança si menaçante sur sa fille, que le père tendit les mains, dans un geste de prière qui demandait grâce. Les éclats de voix des deux femmes le frappaient au cœur, sans relâche; et, à chaque secousse, il sentait la blessure grandir. Des larmes jaillirent de ses yeux, il balbutia :

— Finissez, épargnez-moi.

— Eh! non, c'est épouvantable, reprit madame Josserand d'une voix plus haute. Voilà que cette malheureuse à présent me prête son dévergondage! Vous allez voir que ce sera moi bientôt qui aurai trompé son mari... Alors, c'est ma faute? car, au fond, ça veut dire ça... C'est ma faute?

Berthe restait les deux coudes sur la table, très pâle, mais résolue.

— Bien sûr que si tu m'avais élevée autrement...

Elle n'acheva pas. A toute volée, sa mère lui allongea une gifle, et si forte, qu'elle la cloua du coup sur la toile cirée. Depuis la veille, elle avait cette gifle dans la main; ça lui démangeait les doigts, comme aux jours lointains où la petite s'oubliait encore en dormant.

— Tiens! cria-t-elle, voilà pour ton éducation!... Ton mari aurait dû t'assommer.

La jeune femme sanglotait, sans se relever, la joue contre le bras. Elle oubliait ses vingt-quatre ans, cette gifle la ramenait aux gifles d'autrefois, à tout un passé d'hypocrisie craintive. Sa résolution de grande personne émancipée se fondait dans une grosse douleur de petite fille.

Mais, à l'entendre pleurer si fort, une émotion terrible s'était emparée du père. Il se levait enfin, éperdu; et il repoussait la mère, en disant :

— Vous voulez donc me tuer toutes les deux... Dites? faut-il que je me mette à genoux?

Madame Josserand, soulagée, n'ayant rien à ajouter, se retirait dans un royal silence, lorsque, derrière la porte, brusquement ouverte, elle trouva Hortense, l'oreille tendue. Ce fut un nouvel éclat.

— Ah! tu écoutais ces saletés, toi! L'une commet des horreurs, l'autre s'en régale : vous faites la paire! Mais, grand Dieu! qui est-ce qui vous a donc élevées?

Hortense, sans s'émouvoir, entra en disant.

— Je n'avais pas besoin d'écouter, on vous entend du fond de la cuisine. La bonne se tord... D'ailleurs, je suis d'âge à être mariée, je puis bien savoir :

— Verdier, n'est-ce pas? reprit la mère avec amertume. Voilà les satisfactions que tu me donnes, toi aussi... Maintenant, tu attends la mort d'un mioche. Tu peux attendre, il est gros et gras, on me l'a dit. C'est bien fait.

Tout un flot de bile avait jauni le visage maigre de la jeune fille. Elle répondit, les dents serrées :

— S'il est gros et gras, Verdier peut le lâcher. Et je le lui ferai lâcher plus tôt qu'on ne pense, pour vous attraper tous... Oui, oui, je me marierai seule. Ils sont trop solides, les mariages que tu bâcles?

Puis, comme sa mère revenait sur elle :

— Ah! tu sais, on ne me gifle pas, moi!... Prends garde.

Elles se regardèrent fixement, et madame Josserand céda la première, cachant sa retraite sous un air de domination dédaigneuse. Mais le père avait cru à un recommencement de bataille. Alors, pris entre les trois femmes, lorsqu'il vit cette mère et ces filles, toutes les créatures qu'il avait aimées, finir par se manger entre elles, il sentit un monde crouler sous lui, il s'en alla de son côté, se réfugia au fond de la chambre, comme frappé à mort et désireux d'y mourir seul. Il répétait au milieu de ses sanglots :

— Je ne peux plus... je ne peux plus...

La salle à manger retomba dans le silence. Berthe, la joue contre le bras, soulevée encore de longs soupirs nerveux, se calmait. Tranquillement, Hortense s'était assise de l'autre côté de la table, beurrant un reste de rôtie, afin de se remettre. Ensuite, elle désespéra sa sœur par des raisonnements tristes : ça devenait inhabitable chez eux; à sa place, elle préférerait recevoir des gifles de son mari que de sa mère, car c'était plus naturel; elle, d'ailleurs, quand elle aurait épousé Verdier, flanquerait carrément sa mère à la porte, pour ne pas avoir des scènes pareilles dans son ménage. A ce moment, Adèle vint desservir la table; mais Hortense continua, disant qu'on se ferait donner congé, si ça recommençait; et la bonne partagea cette opinion: elle avait dû fermer la fenêtre de la cuisine, parce que Lisa et Julie allongeaient le nez. Du reste, ça lui semblait drôle, elle riait encore; madame Berthe en avait reçu une fameuse; tant que de tués et de blessés, elle était la plus malade. Puis, roulant sa taille épaisse, Adèle eut un mot de profonde philosophie : après tout, la maison s'en fichait, fallait bien vivre, on ne se rappellerait même plus madame et ses deux messieurs, dans huit jours. Hortense, qui l'approuvait d'un hochement de tête, l'interrompit pour se plaindre du beurre, dont elle avait la bouche empestée. Dame! du beurre à vingt-deux sous, ça ne pouvait être que de la poison. Et, comme il laissait au fond des casseroles un résidu infect, la bonne expli-

LE MARIAGE D'OCTAVE ET DE MADAME HÉDOUIN DÉCIDÉ

Oh madame!... Oh madame! (p. 399.)

quait qu'il n'était pas même économique, lorsqu'un bruit sourd, un lointain ébranlement du plancher, leur fit brusquement prêter l'oreille.

Berthe, inquiète, avait enfin levé la tête.

— Qu'est-ce donc ? demanda-t-elle.

— C'est peut-être madame et l'autre dame, dans le salon, dit Adèle.

Madame Josserand venait d'avoir un sursaut de surprise, en traversant le salon. Une femme était là, toute seule.

— Comment ! c'est encore vous ! cria-t-elle, quand elle eut reconnu madame Dambreville, qu'elle avait oubliée.

Celle-ci ne bougeait pas. Les querelles de la famille, l'éclat des voix, le battement des portes, semblaient avoir passé sur sa chair, sans qu'elle en eût même senti le souffle. Elle restait immobile, les regards perdus, enfoncée et tassée dans sa rage d'amour. Mais un travail se faisait en elle, les conseils de la mère de Léon la bouleversaient, la décidaient à acheter chèrement quelques restes de bonheur.

— Voyons, reprit avec brutalité madame Josserand, vous ne pouvez pas pourtant coucher ici... Mon fils m'a écrit, je ne l'attends plus.

Alors, madame Dambreville parla, la bouche empâtée de silence, comme si elle se réveillait.

— Je m'en vais, excusez-moi... Et vous lui direz de ma part que j'ai réfléchi. Je consens... Oui, je réfléchirai encore, je lui ferai peut-être épouser cette fille, puisqu'il le faut... Mais c'est moi qui la lui donne, et je veux qu'il vienne me la demander, à moi, à moi toute seule, entendez-vous !... Oh ! qu'il revienne, qu'il revienne !

Sa voix ardente suppliait. Elle ajouta plus bas, de l'air entêté d'une femme qui, après avoir tout sacrifié, se cramponne à une satisfaction dernière :

— Il l'épousera, mais il habitera chez nous... Autrement rien de fait. J'aime mieux le perdre.

Et elle s'en alla. Madame Josserand était redevenue charmante. Dans l'antichambre, elle trouva des consolations, elle promit d'envoyer le soir même son fils soumis et tendre, en affirmant qu'il serait enchanté de vivre chez sa belle-maman. Puis, lorsqu'elle eut fermé la porte derrière le dos de madame Dambreville, elle pensa, pleine d'une tristesse apitoyée :

— Pauvre petit ! ce qu'elle va lui vendre ça !

Mais, à ce moment, elle entendit aussi le bruit sourd, dont le plancher tremblait. Eh bien ? quoi donc ? est-ce que la bonne cassait la vaisselle, maintenant ? Elle se précipita dans la salle à manger, interpella ses filles.

— Qu'y a-t-il, c'est le sucrier qui est tombé ?

— Non, maman... Nous ne savons pas.

Elle se retournait, elle cherchait Adèle, lorsqu'elle l'aperçut écoutant à la porte de la chambre à coucher.

— Que faites-vous donc ? cria-t-elle. On brise tout dans votre cuisine, et vous êtes là, à moucharder monsieur. Oui, oui, on commence par les pruneaux, et on finit par autre chose. Depuis quelque temps, vous avez des allures qui me déplaisent, vous sentez l'homme, ma fille...

La bonne, les yeux écarquillés, la regardait. Elle l'interrompit.

— C'est pas tout ça... Je crois bien que c'est monsieur qui est tombé, là-dedans

— Mon Dieu ! elle a raison, dit Berthe en pâlissant, on aurait dit la chute d'un corps.

Alors, elles pénétrèrent dans la chambre. Devant le lit, M. Josserand gisait, pris de faiblesse ; sa tête avait porté sur une chaise, un mince filet de sang coulait de l'oreille droite. La mère, les deux filles, la bonne, l'entourèrent, l'examinèrent. Berthe seule pleurait, reprise des gros sanglots dont la gifle l'avait secouée. Et, quand elles voulurent, à elles quatre, le soulever pour le mettre sur le lit, elles l'entendirent qui murmurait :

— C'est fini... Elles m'ont tué.

XVII

Des mois se passèrent, le printemps était venu. On parlait, rue de Choiseul, du prochain mariage d'Octave avec madame Hédouin.

Les choses, pourtant, n'allaient pas si vite. Octave, *au Bonheur des Dames*, avait repris sa situation, qui chaque jour s'élargissait. Madame Hédouin, depuis la mort de son mari, ne pouvait suffire aux affaires sans cesse croissantes; son oncle, le vieux Deleuze, cloué sur un fauteuil par des rhumatismes, ne s'occupait de rien; et, naturellement, le jeune homme, très actif, travaillé de son besoin de grand commerce, était arrivé en peu de temps à prendre dans la maison une importance décisive. Du reste, encore irrité de ses amours imbéciles avec Berthe, il ne rêvait plus d'utiliser les femmes, il les redoutait même. Le mieux lui semblait de devenir tranquillement l'associé de madame Hédouin, puis de commencer la danse des millions. Aussi, se rappelant son échec ridicule auprès d'elle, la traitait-il en homme, comme elle désirait être traitée.

Dès lors, leurs rapports devinrent très intimes. Ils s'enfermaient pendant des heures, dans le cabinet du fond. Autrefois, quand il s'était juré de la séduire, il avait suivi là toute une tactique, tâchant d'abuser de ses tendresses commerciales, lui effleurant le cou de chiffres murmurés, guettant les recettes heureuses pour profiter de ses abandons. Maintenant, il restait bonhomme, sans calcul, tout à son affaire. Il ne la désirait même plus, bien qu'il gardât le souvenir de son frisson léger, la nuit des noces de Berthe, lorsqu'elle valsait sur sa poitrine. Peut-être l'avait-elle aimé. En tous cas, il valait mieux rester comme ils étaient : car elle le disait avec justesse, la maison demandait beaucoup d'ordre, c'était inepte d'y vouloir des choses qui les auraient dérangés du matin au soir.

Assis tous deux devant l'étroit bureau, ils s'oubliaient souvent, après avoir revu les livres et décidé les commandes. Lui, revenait alors à ses rêves d'agrandissement. Il avait sondé le propriétaire de la maison voisine, qui vendrait volontiers; on donnerait congé au bimbelotier et au marchand d'ombrelles, on établirait un comptoir spécial de soierie. Elle, très grave, écoutait, n'osait se lancer encore. Mais elle concevait pour les facultés commerciales d'Octave une sympathie grandissante, en retrouvant chez lui sa propre volonté, son goût des affaires, le fond sérieux et pratique de son caractère, sous les dehors galants d'un aimable vendeur. Et il montrait, en outre, une flamme, une audace qui lui manquait et qui l'emplissait d'une émotion. C'était la fantaisie dans le commerce, la seule fantaisie qui l'eût jamais troublée. Il devenait son maître.

Enfin, un soir, comme ils demeuraient côte à côte devant des factures, sous la flambée ardente d'un bec de gaz, elle dit lentement :

— Monsieur Octave, j'ai parlé à mon oncle. Il consent, nous achèterons la maison. Seulement...

Il l'interrompit pour crier avec gaieté :

— Les Vabres sont coulés alors !

Elle eut un sourire, elle murmura d'un ton de reproche.

— Vous les détestez donc ? Ce n'est pas bien, vous êtes le dernier qui devriez leur souhaiter du mal.

Jamais elle ne lui avait parlé de ses amours avec Berthe. Cette brusque allusion le gêna beaucoup, sans qu'il sût pourquoi. Il rougissait, il balbutiait des explications.

— Non, non, ça ne me regarde pas, reprit-elle toujours souriante et très calme. Pardonnez-moi, ça m'a échappé, je m'étais promis de ne jamais vous en ouvrir la bouche... Vous êtes jeune. Tant pis pour celles qui veulent bien, n'est-ce pas ? C'est aux maris à garder leurs femmes, quand celles-ci ne peuvent se garder toutes seules.

Il éprouva un soulagement, en comprenant qu'elle n'était pas fâchée. Souvent, il avait redouté une froideur de sa part, si elle venait à savoir son ancienne liaison.

— Vous m'avez interrompue, monsieur Octave, recommença-t-elle gravement. J'allais ajouter que, si j'achète la maison voisine et que je double ainsi l'importance de mes affaires, il m'est impossible de rester seule... Je vais être forcée de me remarier.

Octave resta saisi. Comment ! elle avait déjà un mari en vue, et il l'ignorait ! Tout de suite, il sentit sa position compromise.

— Mon oncle, continuait-elle, me l'a dit lui-même... Oh ! rien ne presse en ce moment. Je suis en deuil de huit mois, j'attendrai l'automne. Seulement, dans le commerce, il faut bien mettre le cœur de côté et songer aux nécessités de sa situation... Un homme est absolument nécessaire ici.

Elle discutait cela posément, comme une affaire, et il la regardait, d'une beauté régulière et saine, le visage très blanc sous les ondes correctes de ses bandeaux noirs. Alors, il regretta de ne pas avoir, depuis son veuvage, essayé encore de devenir son amant.

— C'est toujours grave, balbutia-t-il, ça demande réflexion.

Sans doute, elle était de cet avis. Et elle parla de son âge.

— Je suis vieille déjà, j'ai cinq ans de plus que vous, monsieur Octave...

Il l'interrompit, bouleversé, croyant comprendre, lui saisissant les mains, répétant :

— Oh ! madame !... oh ! madame !

Mais elle s'était levée, elle se dégageait. Puis, elle baissa le gaz.

— Non, c'est assez, aujourd'hui... Vous avez de très bonnes idées, et il est naturel que je songe à vous pour les mettre à exécution. Seulement, il y a des ennuis, il faut creuser le projet... Je vous sais très sérieux, au fond. Étudiez ça de votre côté, je l'étudierai du mien. Voilà pourquoi je vous en ai parlé. Nous en recauserons plus tard.

Et les choses en restèrent là, pendant des semaines. Le magasin reprit son train habituel. Comme madame Hédouin gardait près de lui sa paix souriante, sans une allusion à une tendresse possible, il affecta de son côté une tranquillité pareille, il finit par être à son exemple d'une santé heureuse, confiant dans la logique des choses. Elle répétait volontiers que les choses raisonnables arrivaient toutes seules. Aussi n'avait-elle jamais de hâte. Les commérages qui commençaient à circuler sur son intimité avec le jeune homme, ne la touchaient même pas. Ils attendaient.

Rue de Choiseul, la maison entière jurait donc que le mariage était fait. Octave avait quitté sa chambre, pour aller se loger rue Neuve-Saint-Augustin, près *du Bonheur des Dames*. Il ne fréquentait plus personne, ni les Campardon, ni les Duveyrier, qui étaient outrés du scandale de ses amours M. Gourd lui-même, quand il le voyait, affectait de ne pas le reconnaître, afin de ne pas avoir à le saluer. Seules, Marie et madame Juzeur, les matins où elles le rencontraient dans le quartier, entraient causer un instant sous une porte : madame Juzeur, qui l'interrogeait passionnément au sujet de madame Hédouin, aurait voulu le décider à venir chez elle, pour parler de ça, gentiment ; Marie, désolée, se plaignant d'être de nouveau enceinte, lui disait la stupéfaction de Jules et la colère terrible de ses parents. Puis, quand le bruit de son mariage devint sérieux, Octave fut surpris de recevoir un grand salut de M. Gourd. Campardon, sans se remettre encore, lui envoya à travers la rue un signe de tête cordial; tandis que Duveyrier, en allant un soir acheter des gants, se montra fort aimable. Toute la maison commençait à pardonner.

D'ailleurs, la maison avait retrouvé le train de son honnêteté bourgeoise. Derrière les portes d'acajou, de nouveaux abîmes de vertus se creusaient; le monsieur du troisième venait travailler une nuit par semaine, l'autre madame Campardon passait avec la rigidité de ses principes, les bonnes étalaient des tabliers éclatants de blancheur; et, dans le silence tiède de l'escalier, les pianos seuls, à tous les étages, mettaient les mêmes valses, une musique lointaine et comme religieuse.

Cependant, le malaise de l'adultère persistait, insensible pour les gens sans éducation, mais désagréable aux personnes d'une moralité raffinée. Auguste s'obstinait à ne pas reprendre sa femme, et tant que Berthe demeurerait chez ses parents, le scandale ne serait pas effacé, il en resterait une trace matérielle. Aucun locataire, du reste, ne racontait publiquement la véritable histoire, qui aurait gêné tout le monde; d'un commun accord, sans même s'être entendu, on avait décidé que les difficultés entre Auguste et Berthe venaient des dix mille francs, d'une simple querelle d'argent: c'était beaucoup plus propre. On pouvait, dès lors, en parler devant les demoiselles. Les parents paieraient-ils ou ne paieraient-ils pas? et le drame devenait tout simple, car pas un habitant du quartier ne s'étonnait ni ne s'indignait, à l'idée qu'une question d'argent pût déchaîner des gifles dans un ménage. Au fond, il est vrai, cette convention de bonne compagnie n'empêchait pas les choses d'être; et la maison, malgré son calme devant le malheur, souffrait cruellement dans sa dignité.

C'était Duveyrier surtout, comme propriétaire, qui portait le poids de cette infortune imméritée et persistante. Depuis quelque temps, Clarisse le torturait à un tel point, qu'il revenait parfois pleurer chez sa femme. Mais le scandale de l'adultère l'avait aussi frappé au cœur; il voyait, disait-il, les passants regarder sa maison de haut en bas, cette maison que son beau-père et lui s'étaient plu à orner de toutes les vertus domestiques; et ça ne pouvait durer, il parlait de purifier l'immeuble, pour son honneur personnel. Aussi, au nom de la décence publique, poussait-il Auguste à une réconciliation. Malheureusement, celui-ci résistait, entretenu dans sa rage par Théophile et Valérie, qui s'installaient définitivement à la caisse, enchantés de la débâcle. Alors, comme les affaires de Lyon tournaient mal, et que le magasin de soierie périclitait faute d'avances, Duveyrier avait conçu une idée pratique. Les Josserand devaient souhaiter ardemment se débarrasser de leur fille : il fallait offrir de la reprendre, mais à la condition qu'ils paie-

Entre... Nous tâcherons de ne pas recommencer. (p. 413.

raient la dot de cinquante mille francs. Peut-être, sur leurs instances, l'oncle Bachelard finirait-il par donner la somme. Auguste, d'abord, avait refusé violemment d'entrer dans cette combinaison; à cent mille francs, il serait encore volé. Puis, très inquiet pour ses échéances d'avril, s'était rendu aux raisons du conseiller, qui plaidait la cause de la morale et qui parlait uniquement d'une bonne action à faire.

Lorsqu'on fut d'accord, Clotilde choisit l'abbé Mauduit comme négociateur. C'était délicat, un prêtre pouvait seul intervenir, sans se compromettre. L'abbé justement, éprouvait un grand chagrin des catastrophes déplorables qui s'abattaient sur une des maisons les plus intéressantes de sa paroisse; et il avait déjà offert ses conseils, son expérience, son autorité, pour mettre fin à un scandale dont les ennemis de la religion auraient pu se réjouir. Cependant, lorsque Clotilde lui parla de la dot, en le priant d'aller porter les conditions d'Auguste aux Josserand, il baissa la tête, il garda un silence douloureux.

— C'est de l'argent dû que mon frère réclame, répétait la jeune femme. Comprenez bien que ce n'est pas un marché... D'ailleurs, mon frère s'obstine.

— Il le faut, j'irai, dit enfin le prêtre.

Chez les Josserand, on attendait de jour en jour la proposition. Sans doute, Valérie avait parlé, les locataires discutaient le cas : étaient-ils dans la gêne au point de garder leur fille? trouveraient-ils les cinquante mille francs pour s'en débarrasser? Depuis que la question se posait, madame Josserand ne dérageait plus. Eh quoi! après avoir eu tant de peine à marier une première fois Berthe, voilà qu'il fallait la marier encore! Rien n'était fait, on redemandait une dot, les ennuis d'argent allaient recommencer! Jamais une mère n'avait eu à renouveler ainsi de pareils travaux. Et tout cela par la faute de cette grande cruche, qui poussait la stupidité jusqu'à oublier ses devoirs! La maison devenait un enfer, Berthe y endurait une continuelle torture, car sa sœur Hortense elle-même, furieuse de ne plus coucher seule, ne prononçait pas une phrase, sans y glisser une allusion blessante. On en arrivait à lui reprocher ses repas. Quand on avait un mari quelque part, c'était drôle tout de même de rogner les plats de ses parents, déjà trop petits. Alors, la jeune femme, désespérée, sanglotait dans les coins, se traitant de lâche, ne se trouvant pas le courage de descendre se jeter aux pieds d'Auguste et de lui crier : « Tiens! bats-moi, je ne puis pas être plus malheureuse! » M. Josserand seul se montrait tendre pour sa fille. Mais il se mourait des fautes et des larmes de cette enfant, il agonisait des cruautés de la famille, en congé illimité, presque toujours au lit. Le docteur Juillerat qui le soignait, parlait d'une décomposition de sang : c'était une usure de l'être entier, où tous les organes se prenaient, les uns après les autres.

— Lorsque tu auras fait mourir ton père de chagrin, tu seras contente, n'est-ce pas ? criait la mère.

Et Berthe n'osait même plus entrer dans la chambre du malade. Dès que le père et la fille se voyaient, ils pleuraient tous les deux, ils se faisaient du mal.

Enfin, madame Josserand prit un grand parti : elle invita l'oncle Bachelard, résignée à s'humilier une fois encore. Elle aurait donné les cinquante mille francs de sa poche, si elle les avait eus, pour ne pas garder cette grande fille mariée, dont la présence déshonorait ses mardis. Puis, elle venait d'apprendre des choses monstrueuses sur l'oncle, et s'il n'était pas gentil, elle voulait lui dire une bonne fois sa façon de penser.

Bachelard, à table, se conduisit d'une façon particulièrement malpropre. Il était arrivé dans un état d'ivresse avancé ; car, depuis la perte de Fifi, il tombait aux écarts des grandes passions. Heureusement, madame Josserand n'avait invité personne, par crainte d'être déconsidérée. Au dessert, il s'endormit en racontant des histoires embrouillées de noceur gâteux, et il fallut le réveiller pour le mener dans la chambre de M. Josserand. Toute une mise en scène y était préparée, afin d'agir sur sa sensibilité de vieil ivrogne : devant le lit du père, se trouvaient deux fauteuils, l'un pour la mère, l'autre pour l'oncle, Berthe et Hortense se tiendraient debout. On verrait un peu si l'oncle oserait mentir une fois encore à ses promesses, en face d'un mourant, dans une chambre si triste, qu'une lampe fumeuse éclairait mal.

Narcisse, dit madame Josserand, la situation est grave...

Et, d'une voix lente et solennelle, elle expliqua cette situation, le malheur regrettable de sa fille, la vénalité révoltante du mari, la résolution pénible où elle était de donner les cinquante mille francs, pour faire cesser le scandale qui couvrait la famille de honte. Puis, sévèrement :

— Souviens-toi de ce que tu as promis, Narcisse... Le soir du contrat, tu t'es encore frappé la poitrine, en jurant que Berthe pouvait compter sur le cœur de son oncle. Eh bien ! où est-il, ce cœur ? le moment est venu de le montrer... Monsieur Josserand, joignez-vous à moi, indiquez-lui son devoir, si votre état de faiblesse le permet.

Malgré sa profonde répugnance, le père murmura, par tendresse pour sa fille :

— C'est la vérité, vous avez promis, Bachelard. Voyons, avant que je m'en aille, faites-moi donc le plaisir de vous conduire proprement.

Mais, Berthe et Hortense, dans l'espérance d'attendrir l'oncle, lui avaient versé trop souvent à boire. Il était dans un tel état, qu'on ne pouvait même plus abuser de lui.

— Hein? quoi? bégaya-t-il, sans avoir besoin d'exagérer son ivresse. Jamais promettre... Comprends pas du tout. Répète un peu, Éléonore.

Celle-ci recommença, le fit embrasser par Berthe qui pleurait, le supplia au nom de la santé de son mari, lui prouva qu'en donnant les cinquante mille francs, il remplissait un devoir sacré. Puis, comme il se rendormait, sans avoir l'air d'être affecté le moins du monde par la vue du malade et de cette chambre douloureuse, elle éclata brusquement en paroles violentes.

— Tiens! Narcisse, il y a trop longtemps que ça dure, tu es une canaille!... Je connais toutes tes cochonneries. Tu viens de marier ta maîtresse à Gueulin, et tu leur as donné cinquante mille francs, juste la somme que tu nous avais promise... Ah! c'est propre, le petit Gueulin joue là dedans un joli rôle! Et toi, tu es plus sale encore, tu nous retires le pain de la bouche, tu prostitues ta fortune, oui! tu la prostitues, en nous volant pour cette catin un argent qui nous appartenait!

Jamais elle ne s'était soulagée à ce point. Hortense, gênée, dut s'occuper de la potion de son père, afin d'avoir un maintien. Celui-ci, dont cette scène enfiévrait le mal, s'agitait sur l'oreiller, répétait d'une voix tremblante:

— Je t'en prie, Éléonore, tais-toi, il ne donnera rien... Si tu veux lui dire des choses, emmène-le, pour que je ne vous entende pas.

Berthe, de son côté, pleurait plus fort, se joignait à son père.

— Assez, maman, fais plaisir à papa... Mon Dieu! suis-je malheureuse d'être la cause de toutes ces disputes! J'aime mieux m'en aller, j'irai mourir quelque part.

Alors, madame Josserand posa carrément la question à l'oncle.

— Veux-tu, oui ou non, donner les cinquante mille francs, pour que ta nièce marche le front haut?

Effaré, il s'attardait dans des explications.

— Écoute un peu, j'ai trouvé Gueulin et Fifi ensemble... Quoi faire? Il a bien fallu les marier... Ce n'est pas ma faute.

— Veux-tu, oui ou non, donner la dot que tu as promise? répéta-t-elle furieusement.

Il vacillait, son ivresse s'aggravait au point qu'il ne trouvait plus les mots.

— Peux pas, parole d'honneur!... Ruiné complètement. Autrement, tout de suite... Le cœur sur la main, tu le sais...

Elle l'interrompit d'un geste terrible, elle déclara:

— C'est bon, je vais réunir un conseil de famille et te faire interdire. Quand les oncles deviennent gâteux, on les met à l'hôpital.

Du coup, l'oncle fut pris d'une grosse émotion. Il regarda la chambre, la trouva sinistre, avec sa maigre lampe ; il regarda le mourant qui, soutenu par ses filles, avalait une cuillerée d'un liquide noirâtre ; et son cœur creva il sanglota en accusant sa sœur de ne l'avoir jamais compris. Pourtant, il était déjà bien assez malheureux de la trahison de Gueulin. On le savait très sensible, on avait tort de l'inviter à dîner, pour l'attrister ensuite. Enfin, à la place des cinquante mille francs, il offrit tout le sang de ses veines.

Madame Josserand, épuisée, l'abandonnait, lorsque la bonne annonça le docteur Juillerat et l'abbé Mauduit. Ils s'étaient rencontrés sur le palier, ils entrèrent ensemble. Le docteur trouva M. Josserand beaucoup plus mal, encore sous le coup de la scène où il avait dû jouer un rôle. Lorsque, de son côté, l'abbé voulut emmener madame Josserand dans le salon, ayant, disait-il, une communication à lui faire, celle-ci flaira de quelle part il venait et répondit avec majesté qu'elle était en famille et qu'elle pouvait tout entendre ; le docteur lui-même ne serait pas de trop, car un médecin était, lui aussi, un confesseur.

— Madame, dit alors le prêtre avec une douceur un peu gênée, voyez dans ma démarche l'ardent désir de réconcilier deux familles...

Il parla du pardon de Dieu, appuya sur la joie qu'il éprouverait à rassurer les cœurs honnêtes, en faisant cesser une situation intolérable. Il appelait Berthe malheureuse enfant, ce qui la mit de nouveau en larmes ; et tout cela avec une telle paternité, en termes si choisis, qu'Hortense n'eut pas besoin de sortir. Cependant, il dut en arriver aux cinquante mille francs : les époux semblaient ne plus avoir qu'à s'embrasser, lorsqu'il posa la condition formelle de la dot.

— Monsieur l'abbé, permettez-moi de vous interrompre, dit madame Josserand. Nous sommes très touchés de vos efforts. Mais jamais, entendez-vous ! jamais, nous ne trafiquerons avec l'honneur de notre fille... Des gens qui se sont déjà réconciliés sur le dos de cette enfant ! Oh ! je sais tout, ils étaient à couteaux tirés, et maintenant ils ne se quittent plus, ils nous mangent du matin au soir... Non, monsieur l'abbé, un marché serait une honte...

— Il me semble pourtant, madame..., hasarda le prêtre.

Elle lui couvrit la voix, elle continua superbement :

— Tenez ! mon frère est là. Vous pouvez l'interroger... Il me répétait encore tout à l'heure : « Éléonore, je t'apporte les cinquante mille francs, arrange ce fâcheux malentendu. » Eh bien ! monsieur l'abbé, demandez-lui quelle a été ma réponse... Lève-toi, Narcisse. Dis la vérité.

L'oncle s'était déjà rendormi sur un fauteuil, au fond de la chambre. Il se remua, il lâcha des mots sans suite. Puis, comme sa sœur insistait, il mit la main sur son cœur, en bégayant :

— Quand le devoir parle, on doit marcher... La famille avant tout.

— Vous l'entendez ! cria madame Josserand, d'un air de triomphe. Pas d'argent, c'est ignoble !... Répétez bien à ces gens que nous ne mourons pas, nous autres, pour éviter de payer. La dot est ici, nous l'aurions donnée; mais, du moment qu'on l'exige comme le rachat de notre fille; c'est trop sale... Qu'Auguste reprenne Berthe d'abord, nous verrons plus tard.

Elle avait élevé la voix, et le docteur qui examinait le malade dut la faire taire.

— Plus bas, madame ! dit-il. Votre mari souffre.

Alors, l'abbé Mauduit, dont la gêne augmentait, s'approcha du lit, trouva de bonnes paroles. Et il se retira, sans revenir sur l'affaire, cachant la confusion d'avoir échoué, sous son aimable sourire, avec un pli de dégoût et de douleur aux lèvres. Comme le docteur s'en allait à son tour, il apprit rudement à madame Josserand que le malade était perdu : les plus grandes précautions devenaient nécessaires, car la moindre émotion pouvait l'emporter. Elle resta saisie, elle passa dans la salle à manger, où ses deux filles et l'oncle rentraient, pour laisser reposer M. Josserand, qui semblait vouloir dormir.

— Berthe, murmura-t-elle, tu viens d'achever ton père. C'est le docteur qui l'a dit.

Et toutes trois s'affligèrent autour de la table, pendant que Bachelard, gagné lui aussi par les larmes, se confectionnait un grog.

Lorsqu'on eut fait connaître à Auguste la réponse des Josserand, il fut repris de fureur contre sa femme, jurant qu'il la repousserait à coups de botte, le jour où elle viendrait demander grâce. Au fond, elle lui manquait, il souffrait d'un vide, il était comme dépaysé, dans les nouveaux ennuis de son abandon, aussi graves que les ennuis du ménage. Rachel, qu'il avait gardée pour blesser Berthe, le volait et le querellait maintenant, avec la tranquille impudence d'une épouse; et il finissait par regretter les petits bénéfices de la vie à deux, les soirées passées à s'ennuyer ensemble, puis les réconciliations coûteuses dans la chaleur des draps. Mais il avait surtout assez de Théophile et de Valérie, installés en bas, occupant le magasin de leur importance. Même il les soupçonnait de s'approprier parfois la monnaie, sans aucune délicatesse. Valérie n'était pas comme Berthe, elle aimait trôner sur la banquette de la caisse; seulement, il crut s'apercevoir qu'elle attirait des hommes, à la face de son imbécile de mari, dont le rhume persistant voilait les yeux de continuelles larmes. Autant Berthe alors. Au moins, elle n'avait jamais fait passer la rue à travers les comptoirs. Enfin, une dernière inquiétude le travaillait : *le Bonheur des Dames* prospérait, devenait une menace pour sa maison, dont le chiffre d'affaires diminuait de jour en jour. Certes, il ne regrettait pas ce misérable Octave, et cependant il était juste, il lui reconnaissait des facultés hors ligne. Comme tout aurait marché, si l'on s'était mieux entendu! Des regrets attendris le prenaient, il y avait des heures où, malade de solitude, sentant la vie crouler sous lui, il serait monté chez les Josserand leur redemander Berthe, pour rien.

D'ailleurs, Duveyrier ne se décourageait pas, le poussait toujours à une réconciliation, de plus en plus navré de la défaveur morale qu'une telle histoire jetait sur son immeuble. Il affectait même de croire aux paroles de madame Josserand, rapportées par le prêtre : si Auguste reprenait sa femme sans condition, on lui compterait certainement la dot, le lendemain. Puis, comme celui-ci redevenait enragé, devant une affirmation pareille, le conseiller faisait surtout appel à son cœur. Il l'emmenait le long des quais, lorsqu'il se rendait au Palais de Justice; il lui enseignait le pardon des injures d'une voix trempée de larmes, le nourrissait d'une philosophie désolée et lâche, où la seule félicité possible était d'endurer la femme, puisqu'on ne pouvait pas s'en passer.

Duveyrier baissait, inquiétait la rue de Choiseul par la tristesse de sa démarche et la pâleur de son visage, où les taches rouges s'élargissaient, irritées. Un malheur inavouable semblait s'abattre sur lui. C'était Clarisse qui engraissait toujours, qui débordait et le torturait. A mesure qu'elle éclatait d'un embonpoint bourgeois, il la trouvait plus insupportable de belle éducation, de rigorisme distingué. Maintenant, elle lui défendait de la tutoyer en présence de sa famille; et, devant lui, elle se pendait au cou de son maître de piano, se lâchait dans des familiarités, dont il sanglotait. Deux fois, il l'avait surprise avec Théodore, s'était emporté, puis avait demandé son pardon à genoux, acceptant tous les partages. D'ailleurs, continuellement, pour le tenir humble et soumis, elle parlait avec répugnance de ses boutons; même l'idée lui était venue de le passer à une de ses cuisinières, grosse fille accoutumée aux basses besognes; mais la cuisinière n'avait pas voulu de monsieur. Chaque jour, la vie devenait ainsi plus cruelle pour Duveyrier, chez cette maîtresse où il retrouvait son ménage, tombé dans un enfer. La tribu des camelots, la mère, le grand voyou de frère, les deux petites sœurs, jusqu'à la tante infirme, le volaient avec impudence, vivaient de lui ouvertement, au point de vider ses poches la nuit, quand il couchait. Sa situation s'aggravait d'autre part : il était à bout d'argent, il tremblait d'être compromis sur son siège de magistrat; certes, on ne pouvait pas le destituer; seulement, les jeunes avocats le regardaient d'un air polisson, ce qui le gênait pour rendre la justice. Et, lorsque, chassé par la saleté et le vacarme, pris du dégoût de lui-même,

Comment, c'est ce que vous venez de faire là... (p. 416.)

il s'échappait de la rue d'Assas et se réfugiait rue de Choiseul, la froideur haineuse de sa femme achevait de l'accabler. Alors, il perdait la tête, il regardait la Seine en se rendant à l'audience, avec l'idée de s'y jeter, le soir où une dernière souffrance lui en donnerait le courage.

Clotilde avait bien remarqué les attendrissements de son mari, inquiète, courroucée contre cette maîtresse qui n'arrivait même pas à faire le bonheur d'un homme, dans son inconduite. Mais elle était, de son côté, très ennuyée d'une aventure déplorable, dont les conséquences révolutionnaient la maison. Clémence, en remontant un matin chercher un mouchoir, venait de surprendre Hippolyte avec cet avorton de Louise, sur son propre lit; et, depuis lors, elle le giflait dans la cuisine au moindre mot, ce qui détraquait le service. Le pis était que madame ne pouvait fermer les yeux davantage sur la situation illégale de sa femme de chambre et de son maître d'hôtel : les autres bonnes riaient, le scandale se répandait chez les fournisseurs, il fallait absolument les marier ensemble, si elle désirait les garder; et, comme elle continuait à être très contente de Clémence, elle ne songeait plus qu'à ce mariage. La négociation lui semblait si délicate, avec des amoureux qui se rouaient de coups, qu'elle résolut d'en charger encore l'abbé Mauduit, dont le rôle moralisateur paraissait tout indiqué dans la circonstance. Du reste, ses domestiques lui donnaient beaucoup de mal, depuis quelque temps. A la campagne, elle s'était aperçu de la liaison de son grand galopin de Gustave avec Julie; un instant, elle avait voulu renvoyer cette dernière, à regret, car elle aimait sa cuisine; puis, après de sages réflexions, elle l'avait gardée, préférant que le galopin eût une maîtresse chez elle, une fille propre qui ne serait jamais un embarras. Au dehors, on ne sait pas ce qu'un jeune homme peut empoigner, quand il commence trop jeune. Elle les surveillait donc, sans rien dire; et il fallait, maintenant, que les deux autres vinssent l'occuper de leur histoire !

Justement, un matin, madame Duveyrier allait se rendre chez l'abbé Mauduit, lorsque Clémence lui annonça que le prêtre montait l'extrême-onction à M. Josserand. La femme de chambre, après s'être trouvée dans l'escalier, sur le passage du bon Dieu, était rentrée à la cuisine, en s'écriant :

— Je disais bien qu'il reviendrait cette année !

Et, faisant allusion aux catastrophes dont la maison souffrait, elle avait ajouté :

— Ça nous a porté malheur à tous.

Cette fois, le bon Dieu n'arriva pas en retard : c'était un signe excellent pour l'avenir. Madame Duveyrier se hâta d'aller à Saint-Roch, où elle attendit le retour de l'abbé. Il l'écouta, garda un silence triste, puis ne put refuser d'éclairer la femme de chambre et le maître d'hôtel sur l'immoralité de leur situation. D'ailleurs, l'autre histoire l'aurait fait retourner prochainement rue de Choiseul, car le pauvre M. Josserand ne passerait sans doute pas la nuit; et il donna à entendre qu'il voyait là une circonstance cruelle, mais heureuse, pour réconcilier Auguste et Berthe. On tâcherait d'arranger les deux affaires à la fois. Il était grand temps que le ciel voulût bien bénir leurs efforts.

— J'ai prié, madame, dit le prêtre. Dieu triomphera.

En effet, le soir, à sept heures, l'agonie de M. Josserand commençait. Toute la famille se trouvait réunie, sauf l'oncle Bachelard qu'on avait inutilement cherché dans les cafés, et Saturnin qui était toujours enfermé à l'asile des Moulineaux. Léon, dont la maladie de son père retardait fâcheusement le mariage, montrait une douleur digne. Madame Josserand et Hortense avaient du courage. Seule, Berthe sanglotait si fort, que, pour ne pas affecter le malade, elle s'était réfugiée au fond de la cuisine, où Adèle, profitant du désarroi, buvait du vin chaud. D'ailleurs, M. Josserand mourut avec simplicité. Son honnêteté l'étouffait. Il avait passé inutile, il s'en allait, en brave homme las des vilaines choses de la vie, étranglé par la tranquille inconscience des seules créatures qu'il eût aimées. A huit heures, il bégaya le nom de Saturnin, se tourna contre le mur, et s'éteignit.

Personne ne le croyait mort, car on redoutait une agonie terrible. On patienta quelque temps, on le laissait dormir. Lorsqu'on le trouva qui se refroidissait déjà, madame Josserand, au milieu des pleurs, s'emporta contre Hortense, qu'elle avait chargée d'aller chercher Auguste, comptant elle aussi remettre Berthe sur les bras de ce dernier, dans la grosse douleur des derniers moments.

— Tu ne songes donc à rien! disait-elle en s'essuyant les yeux.

— Mais, maman, répondait la jeune fille en larmes, est-ce qu'on pouvait croire que papa finirait si vite!... Tu m'avais dit de descendre prévenir Auguste à neuf heures seulement, pour être sûre de le garder jusqu'à la fin.

La famille, très affligée, trouva dans cette querelle une distraction. C'était encore une affaire manquée, on n'arrivait jamais à rien. Il restait heureusement l'occasion du convoi, pour s'embrasser.

Le convoi parut convenable, bien qu'il fût d'une classe inférieure à celui de M. Vabre. On se passionna d'ailleurs beaucoup moins dans la maison et dans le quartier, car il ne s'agissait plus d'un propriétaire. Le mort était un homme paisible, qui ne troubla même pas le sommeil de madame Juzeur. Marie, sur le point d'accoucher depuis la veille, exprima le seul regret de n'avoir pu aider ces dames à faire la toilette du pauvre monsieur. En bas, madame Gourd se contenta de se lever, au passage du cercueil, et de le saluer du fond de la loge, sans venir jusqu'à la porte. Toute la maison, cependant, alla au cimetière : Duveyrier, Campardon, les Vabre, M. Gourd. On causa du printemps, dont les grandes pluies avaient compromis les récoltes. Campardon s'étonna de la mauvaise mine de Duveyrier; et, comme, en regardant descendre le corps, le conseiller pâlissait, sur le point de se trouver mal, l'architecte murmura :

— Il a senti l'odeur de la terre... Dieu veuille que la maison ne soit pas décimée davantage !

Il fallut soutenir jusqu'à leur voiture madame Josserand et ses filles. Léon s'empressait, aidé de l'oncle Bachelard, pendant que, l'air gêné, Auguste marchait en arrière. Ce dernier monta dans une autre voiture, avec Duveyrier et Théophile. Clotilde gardait l'abbé Mauduit, qui n'avait pas officié, mais qui était venu au cimetière, voulant donner un témoignage de sympathie à la famille. Les chevaux repartirent plus gaiement; et, tout de suite, elle pria le prêtre de rentrer avec eux, car elle sentait l'heure favorable. Il consentit.

Rue de Choiseul, les trois voitures de deuil déposèrent silencieusement la famille. Théophile rejoignit aussitôt Valérie, restée à surveiller un grand nettoyage, pour profiter de la fermeture du magasin.

— Tu peux faire tes paquets, lui cria-t-il d'une voix furieuse. Ils sont tous à le pousser. Je parie qu'il va lui demander pardon !

Tous, en effet, éprouvaient le pressant besoin d'en finir. Il fallait que le malheur, au moins, fût bon à quelque chose. Auguste, au milieu d'eux, comprenait bien ce qu'ils voulaient; et il était seul, sans force, l'air gêné. Lentement, la famille avait défilé sous la voûte, vêtue de noir. Personne ne parlait. Dans l'escalier, le silence continua, un silence plein d'un sourd travail; tandis que les jupes de crêpe, molles et tristes, montaient les marches. Auguste, pris d'une dernière révolte, était passé le premier, avec l'idée de s'enfermer vivement chez lui; mais, comme il ouvrait sa porte, Clotilde et l'abbé, qui l'avaient suivi, l'arrêtèrent. Derrière eux, Berthe en grand deuil parut sur le palier, accompagnée de sa mère et de sa sœur. Toutes trois avaient les yeux rouges, madame Josserand surtout faisait peine à voir.

— Allons, mon ami, dit simplement le prêtre, gagné par les larmes.

Et cela suffit, Auguste céda tout de suite, voyant qu'il valait mieux se résigner, dans cette occasion honorable. Sa femme pleurait, il pleura aussi, bégayant :

— Entre... Nous tâcherons de ne pas recommencer.

Alors, la famille s'embrassa. Clotilde félicitait son frère : elle n'attendait pas moins de son cœur. Madame Josserand montrait une satisfaction navrée, en veuve que les bonheurs inespérés ne touchent même plus. Elle associa son pauvre mari à la joie générale.

— Vous faites votre devoir, mon gendre. Celui qui est au ciel vous remercie.

— Entre, répétait Auguste bouleversé.

Mais, attirée par le bruit, Rachel venait de paraître dans l'antichambre; et, devant l'exaspération muette qui pâlissait le visage de cette fille, Berthe eut une courte hésitation. Puis, sévèrement, elle entra, elle disparut avec le noir de son deuil, dans l'ombre de l'appartement. Auguste la suivait, la porte se referma sur eux.

Un grand soupir de soulagement traversa l'escalier, emplit la maison d'allégresse. Les dames serrèrent les mains du prêtre, que Dieu avait exaucé. Au moment où Clotilde l'emmenait, pour arranger l'autre histoire, Duveyrier, resté en arrière avec Léon et Bachelard, arriva péniblement. Il fallut lui expliquer l'issue heureuse; mais, lui qui la désirait depuis des mois, sembla comprendre à peine, l'air étrange, travaillé d'une idée fixe, dont la torture le désintéressait. Pendant que les Josserand montaient chez eux, il rentra derrière sa femme et l'abbé. Et ils étaient encore dans l'antichambre, lorsque des cris étouffés les firent tressaillir.

— Que madame se rassure, expliqua complaisamment Hippolyte. C'est la petite dame d'en haut qui a été prise des douleurs... J'ai vu le docteur Juillerat monter en courant.

Puis, lorsqu'il fut seul, il ajouta philosophiquement :

— Un qui part, un qui vient.

Clotilde installa l'abbé Mauduit dans le salon, en disant qu'elle lui enverrait d'abord Clémence; et, pour le faire patentier, elle lui donna la *Revue des Deux-Mondes*, où il y avait des vers vraiment délicats. Elle voulait préparer sa femme de chambre. Mais elle trouva son mari assis sur une chaise de son cabinet de toilette.

Depuis le matin, Duveyrier agonisait. Il venait, une troisième fois, de surprendre Clarisse avec Théodore; et, comme il protestait, toute la famille des camelots, la mère, le frère, les petites sœurs, s'était ruée sur lui, l'avait jeté dans l'escalier à coups de pied et à coups de poing. Clarisse, pendant ce temps, le traitait de panné, le menaçait furieusement d'envoyer chercher le commissaire, s'il remettait les pieds chez elle. C'était fini, le concierge apitoyé lui avait appris que, depuis huit jours, un vieux très riche voulait entretenir madame. Alors, chassé, n'ayant plus de niche où vivre chaudement, Duveyrier, après avoir battu les trottoirs, était entré dans une boutique perdue acheter un revolver de poche. La vie devenait trop triste, il pourrait au moins la quitter, quand il aurait trouvé un bon endroit. Ce choix d'un coin tranquille le préoccupait, en rentrant rue de Choiseul d'un pas machinal, pour assister au convoi de M. Josserand. Puis, derrière le corps, il avait eu l'idée brusque de se tuer au cimetière : il s'en irait au fond, se cacherait derrière une tombe; cela flattait son goût du romanesque, le besoin d'un idéal tendre et romantique, qui désolait son existence, sous la rigidité bourgeoise de son attitude. Mais, devant le cercueil qu'on descendait, il s'était mis à trembler, saisi du froid de la terre. Décidément, l'endroit ne valait rien, il fallait chercher ailleurs. Et, revenu plus malade, envahi par l'idée fixe, il réfléchissait sur une chaise du cabinet de toilette, discutant le meilleur coin de la maison : peut-être dans la chambre, au bord du lit, ou plus simplement à la place même où il se trouvait, sans bouger.

— Auriez-vous l'obligeance de me laisser seule? lui dit Clotilde.

Il tenait déjà le revolver dans sa poche.

— Pourquoi? demanda-t-il avec effort.

— Parce que j'ai besoin d'être seule.

Il crut qu'elle désirait changer de robe et qu'elle ne voulait même plus lui montrer ses bras nus, tant il la répugnait. Un instant, il la regarda de ses yeux troubles, si grande, si belle, le teint d'une pureté de marbre, les cheveux noués en tresses d'or fauve. Ah! si elle avait consenti, comme tout se serait arrangé! Il se leva en trébuchant, ouvrit les bras, tâcha de la saisir.

— Quoi donc? murmura-t-elle, surprise. Que vous prend-il? Pas ici, bien sûr... Vous n'avez donc plus l'autre? Ça va donc recommencer cette abomination?

Et elle avait le cœur soulevé d'un tel dégoût, qu'il recula. Sans dire une parole, il sortit, s'arrêta dans l'antichambre, hésita une seconde; puis, comme une porte se trouvait devant lui, la porte des lieux d'aisance, il la poussa; et, sans hâte, il s'assit au milieu du siège. C'était un endroit tranquille, personne ne viendrait l'y déranger. Il introduisit le canon du petit revolver dans sa bouche, il lâcha un coup.

Cependant, Clotilde, que ses allures inquiétaient depuis le matin, avait écouté pour savoir s'il lui faisait la grâce de retourner chez Clarisse. En comprenant où il allait, à un craquement particulier de la porte, elle ne s'occupait plus de lui, elle sonnait enfin Clémence, lorsque la détonation sourde de l'arme l'étonna. Qu'était-ce donc? on aurait dit le petit bruit d'une carabine d'appartement. Elle accourut dans l'antichambre, n'osa pas d'abord l'interroger; puis, comme un souffle étrange sortait de là dedans, elle l'appela, finit par ouvrir, en ne recevant aucune réponse. Le verrou n'était pas même poussé. Duveyrier, étourdi plus encore par la peur que par le mal, restait accroupi sur le siège, dans une pose lugubre, les yeux grands ouverts, la face ruisselante de sang. Il venait de se rater. La balle, après lui avoir entamé la mâchoire, s'en était allée en trouant la joue gauche. Et il n'avait plus le courage de se tirer un second coup.

— Comment ! c'est ce que vous venez faire là ! cria Clotilde hors d'elle. Eh ! tuez-vous dehors !

Elle était indignée. Ce spectacle, au lieu de l'attendrir, la jetait à une exaspération dernière. Elle le bourra, le souleva sans précaution aucune, voulut l'emporter pour qu'on ne le vît pas en un pareil endroit. Dans ce cabinet ! et il se manquait encore ! C'était le comble.

Alors, pendant qu'elle le soutenait pour le conduire à la chambre, Duveyrier qui avait du sang plein la gorge et qui crachait ses dents, bégaya entre deux râles :

— Tu ne m'as jamais aimé !

Et il sanglotait, il souffrait de la poésie morte, de cette petite fleur bleue qu'il ne pouvait cueillir. Lorsque Clotilde l'eut couché, elle s'attendrit enfin, prise d'une émotion nerveuse dans sa colère. Le pis était que Clémence et Hippolyte arrivaient, au coup de sonnette. Elle leur parla bien d'abord d'un accident : monsieur venait de choir sur le menton ; puis, elle dut abandonner cette fable, car le domestique, en allant essuyer le siège ensanglanté, avait trouvé le revolver, tombé derrière le petit balai. Cependant, comme le blessé perdait du sang, la femme de chambre se souvint que le docteur Juillerat accouchait en haut madame Pichon, et elle courut, elle le rencontra justement qui descendait, après une délivrance heureuse. Tout de suite, le docteur rassura Clotilde ; peut-être resterait-il une déviation dans la mâchoire, mais la vie n'était pas en danger. Il se hâtait de procéder à un premier pansement, au milieu de cuvettes d'eau et de linges tachés de rouge, lorsque l'abbé Mauduit, inquiet de tout ce bruit, se permit d'entrer.

— Qu'est-il donc arrivé ? demanda-t-il.

Cette question acheva de bouleverser madame Duveyrier. Elle éclata en larmes, dès les premiers mots d'explication. Le prêtre avait compris d'ailleurs, au courant des misères cachées de son troupeau. Déjà, dans le salon, envahi d'un malaise, il regrettait presque son succès, cette malheureuse jeune femme qu'il venait de pousser chez son mari, sans qu'elle eût un remords. Un doute terrible le prenait, Dieu peut-être n'était pas avec lui. Son angoisse augmenta devant la mâchoire cassée du conseiller. Il s'approcha, il voulut condamner énergiquement le suicide. Mais le docteur, très affairé, l'écartait.

Oh ! Seigneur, quelle était la route, que fallait-il faire... (p. 427.)

— Après moi, monsieur l'abbé. Tout à l'heure... Vous voyez bien qu'il est évanoui.

Duveyrier, en effet, au premier attouchement du médecin, avait perdu connaissance. Alors, Clotilde, pour se débarrasser des domestiques qui n'étaient plus utiles, et dont les yeux grands ouverts la gênaient, murmura, en s'essuyant les yeux :

— Allez dans le salon avec monsieur l'abbé... Il a quelque chose à vous dire.

Le prêtre dut les emmener. C'était encore une laide affaire. Hippolyte et Clémence, très surpris, le suivaient. Quand ils furent seuls, il commença par leur adresser des exhortations embrouillées : le ciel récompensait la bonne conduite, tandis qu'un seul péché conduisait en enfer ; du reste, il était toujours temps de mettre fin à un scandale et de faire son salut. Pendant qu'il parlait ainsi, leur surprise devenait de l'ahurissement ; les mains ballantes, elle avec ses membres menus et sa bouche pincée, lui avec sa figure plate et ses gros os de gendarme, ils échangeaient des coups d'œil inquiets : est-ce que madame avait découvert ses serviettes, en haut, dans une malle ? ou bien était-ce pour la bouteille de vin qu'ils montaient tous les soirs ?

— Mes enfants, finit par dire le prêtre, vous donnez le mauvais exemple. Le grand crime est de pervertir autrui, de jeter de la déconsidération sur la maison où l'on habite... Oui, vous vivez dans une conduite qui n'est malheureusement plus un secret pour personne, car vous vous battez depuis huit jours.

Il rougissait, une hésitation pudique lui faisait chercher les mots. Les deux domestiques avaient eu un soupir de soulagement. Ils souriaient, ils se dandinaient maintenant d'un air heureux. Ce n'était que ça ! vrai, il n'y avait pas de quoi les effrayer ainsi !

— Mais c'est fini, monsieur le curé, déclara Clémence, en adressant à Hippolyte un regard de femme reconquise. Nous sommes remis ensemble... Oui, il m'a expliqué.

Le prêtre, à son tour, montra un étonnement plein de tristesse.

— Vous ne me comprenez pas, mes enfants. Vous ne pouvez continuer à vivre ensemble, vous offensez Dieu et les hommes. Il faut vous marier.

Du coup, leur stupéfaction reparut. Se marier, pourquoi faire ?

— Moi, je ne veux pas, dit Clémence. J'ai une autre idée.

Alors, l'abbé Mauduit tâcha de convaincre Hippolyte.

— Voyons, mon garçon, vous qui êtes un homme, décidez-la, parlez-lui de son honneur... Ça ne changera rien dans votre vie. Mariez-vous.

Le domestique riait d'un rire farceur et embarrassé. Enfin, il déclara, en regardant la pointe de ses chaussons :

— Bien sûr, je ne dis pas, mais je suis marié.

Cette réponse coupa net la morale du prêtre. Sans ajouter une parole, il replia ses arguments, il remit en poche Dieu inutile, désolé de l'avoir risqué dans une telle avanie. Clotilde qui le rejoignait, venait d'entendre ; et d'un geste, elle lâcha tout. Sur son ordre, le valet et la femme de chambre sortirent, l'un derrière l'autre, très amusés au fond, l'air sérieux. L'abbé, après un silence, se plaignit amèrement : pourquoi l'exposer ainsi ? pourquoi remuer des choses qu'il valait mieux laisser dormir ? Maintenant, la situation était tout à fait malpropre. Mais Clotilde répétait son geste : tant pis ! elle avait d'autres tracas. D'ailleurs, elle ne renverrait certainement pas les domestiques, de peur que le quartier ne connût l'histoire du suicide, le soir même. On verrait plus tard.

— N'est-ce pas ? le repos le plus absolu, recommanda le docteur qui sortait de la chambre. Ça se remettra parfaitement, mais qu'on lui évite toute fatigue... Ayez bon courage, madame.

Et, se tournant vers le prêtre :

— Vous le sermonnerez, plus tard, mon cher abbé. Je ne vous l'abandonne pas encore... Si vous retournez à Saint-Roch, je vous accompagne, nous ferons route ensemble.

Tous deux descendirent.

Cependant, la maison retrouvait son grand calme. Madame Juzeur s'était attardée au cimetière, tâchant de séduire Trublot en lisant avec lui les inscriptions des tombes ; et, malgré son peu de goût pour les coquetteries sans résultat, il avait dû la ramener en fiacre rue de Choiseul. La triste aventure de Louise emplissait la pauvre dame d'une mélancolie. Comme ils arrivaient, elle parlait encore de cette misérable, rendue par elle la veille aux Enfants-Assistés : une cruelle expérience, une désillusion dernière, qui emportait son espoir de trouver jamais une bonne vertueuse Puis, sous la porte, elle finit par inviter Trublot à venir causer quelquefois chez elle. Mais il allégua son travail.

A ce moment, l'autre madame Campardon passa. Ils la saluèrent. M. Gourd leur apprit l'heureuse délivrance de madame Pichon. Tous furent alors de l'avis de monsieur et de madame Vuillaume : trois enfants, pour des employés, c'était une vraie folie ; et le concierge laissa même entendre que, s'il en poussait un quatrième, le propriétaire leur donnerait congé, car trop de famille dégradait un immeuble. Mais ils se turent, une dame voilée, laissant derrière elle une odeur de verveine, se glissait légèrement dans le vestibule, sans s'adresser à M. Gourd, qui affecta de ne pas la voir. Le matin, il avait tout préparé chez le monsieur distingué du troisième, pour une nuit de travail.

Du reste, il n'eût que le temps de crier aux deux autres :

— Prenez garde! ils nous écraseraient comme des chiens.

C'était la voiture des gens du second qui sortait. Les chevaux piaffaient sous la voûte, le père et la mère, au fond du landau, souriaient à leurs enfants, deux beaux enfants blonds, dont les petites mains se disputaient un bouquet de roses.

Quel monde! murmura le concierge furieux. Ils ne sont même pas allés à l'enterrement, de peur d'être polis comme les autres... Ça vous éclabousse, et si l'on voulait parler pourtant !

— Quoi donc ? demanda madame Juzeur, très intéressée.

Alors, M. Gourd raconta qu'on était venu de la police, oui, de la police! L'homme du second avait écrit un roman si sale, qu'on allait le mettre à Mazas.

— Des horreurs! continua-t-il, d'une voix écœurée. C'est plein de cochonneries sur les gens comme il faut. Même on dit que le propriétaire est dedans; parfaitement, monsieur Duveyrier en personne! Quel toupet!... Ah! ils ont bien raison de se cacher et de ne fréquenter aucun locataire! Nous savons maintenant ce qu'ils fabriquent, avec leurs airs de rester chez eux. Et, vous voyez, ça roule carrosse, ça vend leurs ordures au poids de l'or!

Cette idée surtout exaspérait M. Gourd. Madame Juzeur ne lisait que des vers, Trublot déclarait ne pas se connaître en littérature. Pourtant, l'un et l'autre blâmaient le monsieur de salir dans ses écrits la maison où il abritait sa famille, lorsque des cris féroces, des mots abominables vinrent du fond de la cour.

— Grosse vache! tu étais trop contente de m'avoir, pour faire sauver tes hommes!... Tu entends, sacré chameau!... je ne te l'envoie pas dire!

C'était Rachel, que Berthe chassait et qui se soulageait dans l'escalier de service. Tout d'un coup, chez cette fille muette et respectueuse, dont les autres bonnes elles-mêmes ne pouvaient tirer la moindre indiscrétion, une débondade avait lieu, pareille à la débâcle d'un égout. Mise déjà hors d'elle même par la rentrée de madame chez monsieur, qu'elle volait à l'aise depuis la séparation, elle était devenue terrible, quand elle avait reçu l'ordre de faire monter un commissionnaire pour enlever sa malle. Debout dans la cuisine, Berthe écoutait, bouleversée; tandis que, sur la porte, Auguste, voulant faire acte d'autorité, recevait au visage les termes ignobles, les accusations atroces.

— Oui, oui, continuait la bonne enragée, tu ne me flanquais pas dehors, quand je cachais tes chemises, derrière le dos de ton cocu !... Et le soir où ton amant a dû remettre ses chaussettes au milieu de mes casseroles, pendant que j'empêchais ton cocu d'entrer, pour te donner le temps de te refroidir !... Salope, va !

Berthe, suffoquée, s'enfuit au fond de l'appartement. Mais Auguste devait tenir tête : il pâlissait, il était pris d'un tremblement, à chacune de ces révélations ordurières, criées dans un escalier ; et il ne trouvait qu'un mot : « Malheureuse ! malheureuse ! » pour exprimer son angoisse d'apprendre ainsi les détails crus de l'adultère, juste à l'heure où il venait de pardonner. Cependant, toutes les bonnes étaient sorties sur les paliers de leurs cuisines. Elles se penchaient, elles ne perdaient pas une parole ; mais elles-mêmes restaient saisies de la violence de Rachel. Une consternation, peu à peu, les faisait se reculer. Ça finissait par dépasser les bornes. Lisa résuma le sentiment de toutes, en disant :

— Ah bien ! non, on bavarde, mais on ne tombe pas comme ça sur les maîtres.

D'ailleurs, le monde filait, on laissait cette fille se soulager seule, car il devenait gênant d'écouter des choses désagréables pour chacun ; d'autant plus que, maintenant, elle s'attaquait à toute la maison. M. Gourd, le premier, rentra dans sa loge, en faisant remarquer qu'on ne pouvait rien espérer d'une femme en colère. Madame Juzeur, dont ce cruel déballage de l'amour blessait profondément les délicatesses, parut si impressionnée, que Trublot, malgré lui, dut l'accompagner chez elle, dans la crainte d'un évanouissement. Était-ce malheureux ? les affaires s'arrangeaient, il ne restait pas le moindre sujet de scandale, la maison retombait au recueillement de son honnêteté, et il fallait que cette vilaine créature remuât encore les histoires enterrées, dont personne ne se souciait plus !

— Je ne suis qu'une bonne, mais je suis honnête ! criait-elle, en mettant à ce cri ses dernières forces. Et il n'y a pas une de vos garces de dames qui me vaille, dans votre baraque de maison !... Bien sûr, que je m'en vais, vous me faites tous mal au cœur !

L'abbé Mauduit et le docteur Juillerat descendaient lentement. Ils avaient entendu. Maintenant, une profonde paix régnait : la cour était vide, l'escalier, désert ; les portes semblaient murées, pas un rideau des fenêtres ne bougeait ; et il ne venait des appartements clos, qu'un silence plein de dignité.

Sous la voûte, le prêtre s'arrêta, comme brisé de fatigue.

— Que de misères ! murmura-t-il avec tristesse.

Le médecin hocha la tête, en répondant :

— C'est la vie.

Ils avaient de ces aveux, lorsqu'ils sortaient côte à côte d'une agonie ou d'une naissance. Malgré leurs croyances opposées, ils s'entendaient parfois sur l'infirmité humaine. Tous deux étaient dans les mêmes secrets : si le prêtre recevait la confession de ces dames, le docteur, depuis trente ans, accouchait les mères et soignait les filles.

— Dieu les abandonne, reprit le premier.

— Non, dit le second, ne mettez donc pas Dieu là dedans. Elles sont mal portantes ou mal élevées, voilà tout.

Et, sans attendre, il gâta ce point de vue, il accusa violemment l'empire : sous une république, certes, les choses iraient beaucoup mieux. Mais, au milieu de ses fuites d'homme médiocre, revenaient des observations justes de vieux praticien, qui connaissait à fond les dessous de son quartier. Il se lâchait sur les femmes, les unes qu'une éducation de poupée corrompait ou abêtissait, les autres dont une névrose héréditaire pervertissait les sentiments et les passions, toutes tombant salement, sottement, sans envie comme sans plaisir ; d'ailleurs, il ne se montrait pas plus tendre pour les hommes, des gaillards qui achevaient de gâcher l'existence, derrière l'hypocrisie de leur belle tenue ; et, dans son emportement de jacobin, sonnait le glas entêté d'une classe, la décomposition et l'écroulement de la bourgeoisie, dont les étais pourris craquaient d'eux-mêmes. Puis, il perdit pied de nouveau, il parla des barbares, il annonça le bonheur universel.

— Je suis plus religieux que vous, finit-il pas conclure.

Le prêtre semblait avoir écouté silencieusement. Mais il n'entendait pas, il était tout entier à sa rêverie désolée. Après un silence, il murmura :

— S'ils sont inconscients, que le ciel les prenne en pitié !

Alors, ils quittèrent la maison, ils suivirent doucement la rue Neuve-Saint-Augustin. Une peur d'avoir trop parlé les tenait muets, car ils avaient l'un et l'autre bien des ménagements à garder, dans leurs positions. Comme ils arrivaient au bout de la rue, ils aperçurent, en levant la tête, madame Hédouin qui leur souriait, debout sur la porte du *Bonheur des Dames*. Derrière elle, Octave riait également. Le matin même, après une conversation sérieuse, tous deux avaient décidé leur mariage. Ils attendraient l'automne. Et ils étaient dans la joie de cette affaire conclue.

— Bonjour, monsieur l'abbé ! dit gaiement madame Hédouin. Toujours en course, docteur ?

Et, comme ce dernier la félicitait sur sa belle mine, elle ajouta :

— Oh ! s'il n'y avait que moi, vous ne feriez pas vos affaires.

Ils causèrent un instant. Le médecin ayant parlé des couches de Marie, Octave parut enchanté d'apprendre l'heureuse délivrance de son ancienne voisine. Puis, quand il sut qu'elle venait d'avoir une troisième fille, il s'écria :

— Son mari ne peut donc pas décrocher un garçon ! Elle espérait encore faire avaler un garçon à monsieur et à madame Vuillaume ; mais jamais ceux-ci ne digéreront une fille.

— Je crois bien, dit le docteur. Tous deux sont au lit, tellement la nouvelle de la grossesse les a révolutionnés. Et ils ont appelé un notaire, pour que leur gendre n'hérite même pas de leurs meubles.

On plaisanta. Le prêtre seul restait silencieux, les regards à terre. Madame Hédouin lui demanda s'il était souffrant. Oui, il se sentait très fatigué, il allait prendre un peu de repos. Et, après un échange de politesses cordiales, il descendit la rue Saint-Roch, toujours accompagné du docteur. Devant l'église, ce dernier dit brusquement :

— Hein ? mauvaise pratique ?

— Qui donc ? demanda le prêtre surpris.

— Cette dame qui vend du calicot... Elle se fiche de vous et de moi. Pas besoin de bon Dieu ni de remèdes. N'importe, quand on se porte si bien, ce n'est plus intéressant.

Et il s'éloigna, tandis que l'abbé entrait dans l'église.

Un jour clair tombait des larges fenêtres, aux vitraux blancs, bordés de jaune et de bleu tendre. Pas un bruit, pas un mouvement ne troublait la nef déserte, où les revêtements de marbre, les lustres de cristal, la chaire dorée dormaient dans la clarté tranquille. C'était le recueillement, la douceur cossue d'un salon bourgeois, dont on a enlevé les housses, pour la grande réception du soir. Seule, une femme, devant la chapelle de Notre-Dame des Sept-Douleurs, regardait brûler la herse des cierges, qui braisillaient en répandant une odeur de cire chaude.

L'abbé Mauduit voulait monter à son appartement. Mais un grand trouble, un besoin violent l'avait fait entrer et le retenait là. Il lui semblait que Dieu l'appelait, d'une voix lointaine et confuse, dont il ne pouvait saisir les ordres. Lentement, il traversait l'église, il cherchait à lire en lui-même, à calmer ses alarmes, lorsque, tout d'un coup, comme il passait derrière le chœur, un spectacle surhumain l'ébranla dans tout son être.

C'était, derrière les marbres de la chapelle de la Vierge, aux blancheurs de lis, derrière les orfèvreries de la chapelle de l'Adoration, dont les sept lampes d'or, les candélabres d'or, l'autel d'or luisaient dans l'ombre fauve des vitraux couleur d'or ; c'était, au fond de cette nuit mystérieuse, au delà

La gorge renversée, les jambes élargies... (p. 432).

de ce lointain de tabernacle, une apparition tragique, un drame déchirant et simple : le Christ cloué sur la croix, entre Marie et Madeleine, qui sanglotaient ; et les statues blanches, qu'une lumière invisible, venue d'en haut, détachait contre la nudité du mur, s'avançaient, grandissaient, faisaient de l'humanité saignante de cette mort et de ces larmes le symbole divin de l'éternelle douleur.

Éperdu, le prêtre tomba sur les genoux. Il avait blanchi ce plâtre, ménagé cet éclairage, préparé ce coup de foudre ; et, la cloison de planches abattue, l'architecte et les ouvriers partis, il était foudroyé le premier. De la sévérité terrible du Calvaire, une haleine soufflait, qui le renversait. Il croyait sentir Dieu passer sur sa face, il se courbait sous cette haleine, déchiré de doute, torturé par l'idée affreuse qu'il était peut-être un mauvais prêtre.

Oh ! Seigneur, l'heure sonnait-elle de ne plus couvrir du manteau de la religion les plaies de ce monde décomposé ? Devait-il ne plus aider à l'hypocrisie de son troupeau, n'être plus toujours là, comme un maître de cérémonie, pour régler le bel ordre des sottises et des vices ? Fallait-il donc laisser tout crouler, au risque que l'Église elle-même fut éventrée par les décombres ? Oui, tel était l'ordre sans doute, car la force d'aller plus avant dans la misère humaine l'abandonnait, il agonisait d'impuissance et de dégoût. Ce qu'il avait remué de vilenies depuis le matin, lui étouffait le cœur. Et les mains ardemment tendues, il demandait pardon, pardon de ses mensonges, pardon des complaisances lâches et des promiscuités infâmes. La peur de Dieu le prenait aux entrailles, il voyait Dieu qui le reniait, qui lui défendait d'abuser encore de son nom, un Dieu de colère résolu à exterminer enfin le peuple coupable. Toutes les tolérances du mondain s'en allaient sous les scrupules déchaînés de cette conscience, et il ne restait que la foi du croyant, épouvantée, se débattant dans l'incertitude du salut. Oh ! Seigneur, quelle était la route, que fallait-il faire au milieu de cette société finissante, qui pourrissait jusqu'à ses prêtres ?

Alors, l'abbé Mauduit, les yeux sur le Calvaire, éclata en sanglots. Il pleurait comme Marie et Madeleine, il pleurait la vérité morte, le ciel vide. Au fond des marbres et des orfèvreries, le grand Christ de plâtre n'avait plus une goutte de sang.

XVIII

En décembre, au huitième mois de son deuil, madame Josserand consentit pour la première fois à dîner en ville. C'était d'ailleurs chez les Duveyrier, presque un dîner de famille, par lequel Clotilde ouvrait ses samedis du nouvel hiver. La veille, Adèle fut prévenue qu'elle descendrait aider Julie, pour la vaisselle. Ces dames, les jours de réception, se prêtaient ainsi leur monde.

— Surtout, tâchez d'être plus solide, recommanda madame Josserand à sa bonne. Je ne sais ce que vous avez dans le corps maintenant, on dirait du chiffon... Vous êtes pourtant grasse et grosse.

Adèle était simplement enceinte de neuf mois. Elle-même avait longtemps cru qu'elle engraissait, ce qui l'étonnait pourtant; et elle rageait, l'estomac vide, avec sa continuelle faim, les jours où madame triomphait devant tous, en la montrant : ah bien ! ceux qui l'accusaient de peser le pain de sa domestique, pouvaient venir regarder cette grosse gourmande, dont le ventre ne s'arrondissait pas à lécher les murs, peut-être ! Lorsque, dans sa stupidité, Adèle avait enfin compris son malheur, elle s'était retenue vingt fois de jeter la chose à la figure de sa maîtresse, qui abusait vraiment de son état pour faire croire au quartier qu'elle la nourrissait enfin.

Mais, dès ce moment, une terreur l'hébéta. Les idées de son village repoussaient au fond de ce crâne obtus. Elle se crut damnée, elle s'imagina que les gendarmes viendraient la prendre, si elle avouait sa grossesse. Alors, toute sa rage de sauvage fut employée à la dissimuler. Elle cacha les nausées, les maux de tête intolérables, la constipation terrible dont elle souffrait; deux fois, elle crut mourir devant son fourneau, pendant qu'elle tournait des sauces. Heureusement, elle porta dans les flancs, le ventre s'élargit sans trop avancer; et jamais madame n'eut un soupçon, tant elle était fière de cet embonpoint prodigieux. La malheureuse, du reste, se serrait à étouffer. Elle trouvait son ventre raisonnable; seulement, il lui semblait bien lourd tout de même, quand elle devait laver sa cuisine. Les deux derniers mois furent affreux de douleurs endurées, avec une obstination de silence héroïque.

Ce soir-là, Adèle monta se coucher vers onze heures. La pensée de la soirée du lendemain la terrifiait : encore trimer, encore être bousculée par Julie! et elle ne pouvait plus aller, elle avait tout le bas en compote. Cependant, les couches, pour elle, restaient lointaines et confuses; elle aimait mieux ne pas y réfléchir, elle préférait garder ça longtemps encore, avec l'espoir que ça finirait par s'arranger. Aussi n'avait-elle fait aucun préparatif, ignorante des symptômes, incapable de se rappeler ni de calculer une date, sans idée, sans projet. Elle n'était bien que dans son lit, allongée sur les reins. Comme la gelée prenait depuis la veille, elle garda ses bas pour se coucher, souffla sa bougie, attendit d'avoir chaud. Enfin, elle s'endormait, lorsque de légères douleurs lui firent rouvrir les yeux. C'étaient, à fleur de peau, des pincements; elle crut d'abord qu'une mouche lui piquait le ventre, autour du nombril; puis, ces piqûres cessèrent, elle ne s'en inquiéta pas, accoutumée aux choses étranges et inexplicables qui se passaient en elle. Mais, brusquement, au bout d'une demi-heure à peine d'un mauvais sommeil, une tranchée sourde l'éveilla de nouveau. Cette fois, elle se mit en colère. Est-ce qu'elle allait avoir des coliques, maintenant? Elle serait fraîche, le lendemain, s'il lui fallait courir à son pot toute la nuit! Cette idée d'un embarras d'entrailles l'avait préoccupée dans la soirée; elle sentait une pesanteur, elle attendait une débâcle. Pourtant, elle voulut résister, se frotta le ventre, crut avoir calmé la douleur. Un quart d'heure s'écoula, et la douleur revint, plus violente.

— Cré nom d'un chien! dit-elle à demi-voix, en se décidant cette fois à se lever.

Dans l'obscurité, elle tira son pot, s'accroupit, s'épuisa en efforts inutiles. La chambre était glacée, elle grelottait. Au bout de dix minutes, comme les coliques se calmaient, elle se recoucha. Mais, dix minutes plus tard, les coliques recommençaient. Elle se releva, essaya encore inutilement, et rentra toute froide dans son lit, où elle goûta un autre moment de repos. Puis, ça la tordit avec une telle force, qu'elle étouffa une première plainte.

Était-ce bête à la fin? avait-elle envie, ou n'avait-elle pas envie? Maintenant, les douleurs persistaient, presque continues, avec des secousses plus rudes, comme si une main brutale, dans le ventre, la serrait quelque part. Et elle comprit, elle eut un grand frisson, en bégayant sous la couverture :

— Mon Dieu! mon Dieu! c'est donc ça!

Une angoisse l'envahissait, un besoin de marcher, de promener son mal. Elle ne put rester au lit davantage, ralluma la bougie, se mit à tourner autour de sa chambre. Sa langue se desséchait, une soif ardente la tourmentait, tandis que des plaques rouges lui brûlaient les joues. Quand une contraction la pliait brusquement, elle s'appuyait contre le mur, saisissait le bois d'un meuble. Et les heures passaient dans ce piétinement cruel, sans qu'elle osât même se chausser, de peur de faire du bruit, garantie seulement du froid par un vieux châle jeté sur ses épaules. Deux heures sonnèrent, puis trois heures.

— Il n'y a pas de bon Dieu! se disait-elle tout bas, avec un besoin de se parler et de s'entendre. C'est trop long, ça ne finira jamais.

Pourtant, le travail de préparation s'avançait, la pesanteur descendait dans ses fesses et dans ses cuisses. Même lorsque son ventre la laissait un peu respirer, elle souffrait là, sans arrêt, d'une souffrance fixe et têtue. Et, pour se soulager, elle s'était empoigné les fesses à pleines mains, elle se les soutenait, pendant qu'elle continuait à marcher en se dandinant, les jambes nues, couverte jusqu'aux genoux de ses gros bas. Non, il n'y avait pas de bon Dieu! Sa dévotion se révoltait, sa résignation de bête de somme qui lui avait fait accepter sa grossesse comme une corvée de plus, finissait par lui échapper. Ce n'était donc pas assez de ne jamais manger à sa faim, d'être le souillon sale et gauche, sur lequel la maison entière tapait : il fallait que les maîtres lui fissent un enfant! Ah! les salauds! Elle n'aurait pu dire seulement si c'était du jeune ou du vieux, car le vieux l'avait encore assommée, après le mardi gras. L'un et l'autre, d'ailleurs, s'en fichaient pas mal, maintenant qu'ils avaient eu le plaisir et qu'elle avait la peine! Elle devrait aller accoucher sur leur paillasson, pour voir leur tête. Mais sa terreur la reprenait : on la jetterait en prison, il valait mieux tout avaler. La voix étranglée, elle répétait, entre deux crises :

— Salauds! .. S'il est permis de vous coller une pareille affaire!... Mon Dieu! je vais mourir!

Et, de ses deux mains crispées, elle se serrait les fesses davantage, ses pauvres fesses pitoyables, retenant ses cris, se dandinant toujours dans sa laideur douloureuse. Autour d'elle, on ne remuait pas, on ronflait; elle entendait le bourdon sonore de Julie, tandis que, chez Lisa, il y avait un sifflement, une musique pointue de fifre.

Quatre heures venaient de sonner, lorsque, tout d'un coup, elle crut que son ventre crevait. Au milieu d'une douleur, il y eut une rupture, des eaux ruisselèrent, ses bas furent trempés. Elle resta un moment immobile, terrifiée et stupéfaite, avec l'idée qu'elle se vidait par là. Peut-être bien qu'elle n'avait jamais été enceinte; et, dans la crainte d'une autre maladie, elle se regardait, elle voulait voir si tout le sang de son corps ne fuyait point. Mais elle éprouvait un soulagement, elle s'assit quelques minutes sur une malle. La chambre salie l'inquiétait, la bougie allait s'éteindre. Puis, comme elle ne pouvait plus marcher et qu'elle sentait la fin venir, elle eut encore la force d'étaler sur le lit une vieille toile cirée ronde, que madame Josserand lui avait donnée, pour mettre devant sa table de toilette. Elle était à peine recouchée, que le travail d'expulsion commença.

Alors, pendant près d'une heure et demie, se déclarèrent des douleurs dont la violence augmentait sans cesse. Les contractions intérieures avaient cessé, c'était elle maintenant qui poussait de tous les muscles de son ventre et de ses reins, dans un besoin de se délivrer du poids intolérable qui pesait sur sa chair. Deux fois encore, des envies illusoires la firent se lever, cherchant le pot d'une main égarée, tâtonnante de fièvre; et, la seconde fois, elle faillit rester par terre. A chaque nouvel effort, un tremblement la secouait, sa face devenait brûlante, son cou se baignait de sueur, tandis qu'elle mordait les draps, pour étouffer sa plainte, le han! terrible et involontaire du bûcheron qui fend un chêne. Quand l'effort était donné, elle balbutiait, comme si elle eût parlé à quelqu'un :

— C'est pas possible... il sortira pas... il est trop gros...

La gorge renversée, les jambes élargies, elle se cramponnait des deux mains au lit de fer, qu'elle ébranlait de ses secousses. C'était heureusement des couches superbes, une présentation franche du crâne. Par moments, la tête qui sortait, semblait vouloir rentrer, repoussée par l'élasticité des tissus, tendus à se rompre; et des crampes atroces l'étreignaient à chaque reprise du travail, les grandes douleurs la bouclaient d'une ceinture de fer. Enfin, les os crièrent, tout lui parut se casser, elle eut la sensation épouvantée que son derrière et son devant éclataient, n'était plus qu'un trou par lequel coulait sa vie; et l'enfant roula sur le lit, entre ses cuisses, au milieu d'une mare d'excréments et de glaires sanguinolentes.

Elle avait poussé un grand cri, le cri furieux et triomphant des mères. Aussitôt, on remua dans les chambres voisines, des voix empâtées de sommeil disaient : « Eh bien! quoi donc? on assassine!... Y en a une

Puis, ce fut une surprise, quand l'oncle Bachelard lança une profession de foi légitimiste.... (p. 437).

qu'on prend de force!... Rêvez donc pas tout haut! » Inquiète, elle avait repris le drap entre les dents, elle serrait les jambes et ramenait la couverture en tas sur l'enfant, qui lâchait des miaulements de petit chat. Mais elle entendit Julie ronfler de nouveau, après s'être retournée; pendant que Lisa, rendormie, ne sifflait même plus. Alors, elle goûta pendant un quart d'heure un soulagement immense, une douceur infinie de calme et de repos. Elle était comme morte, elle jouissait de ne plus être.

Puis, les coliques reparurent. Une peur l'éveillait : est-ce qu'elle allait en avoir un second? Le pis était qu'en rouvrant les yeux, elle venait de se trouver en pleine obscurité. Pas même un bout de chandelle! et être là, toute seule, dans du mouillé, avec quelque chose de gluant entre les cuisses, dont elle ne savait que faire! Il y avait des médecins pour les chiens, mais il n'y en avait pas pour elle. Crève donc, toi et ton petit! Elle se souvenait d'avoir donné un coup de main chez madame Pichon, la dame d'en face, quand elle était accouchée. En prenait-on des précautions, de crainte de l'abîmer! Cependant, l'enfant ne miaulait plus, elle allongea la main, chercha, rencontra un boyau qui lui sortait du ventre; et l'idée lui revint qu'elle avait vu nouer et couper ça. Ses yeux s'accoutumaient aux ténèbres, la lune qui se levait éclairait vaguement la chambre. Alors, moitié à tâtons, moitié guidée par un instinct, elle fit, sans se lever, une besogne longue et pénible, décrocha derrière sa tête un tablier, en cassa un cordon, puis noua le boyau et le coupa avec des ciseaux pris dans la poche de sa jupe. Elle était en sueur, elle se recoucha. Ce pauvre petit, bien sûr, elle n'avait pas envie de le tuer.

Mais les coliques continuaient, c'était comme une affaire qui la gênait encore et que des contractions chassaient. Elle tira sur le boyau, d'abord doucement, puis très fort. Ça se détachait, tout un paquet finit par tomber et elle s'en débarrassa en le jetant dans le pot. Cette fois, grâce à Dieu! c'était bien fini, elle ne souffrait plus. Du sang tiède coulait seulement le long de ses jambes.

Pendant près d'une heure, elle dut sommeiller. Six heures sonnaient, lorsque la conscience de sa position l'éveilla de nouveau. Le temps pressait, elle se leva péniblement, exécuta des choses qui lui venaient à mesure, sans qu'elle les eût arrêtées d'avance. Une lune froide éclairait en plein la chambre. Après s'être habillée, elle enveloppa l'enfant de vieux linge, puis le plia dans deux journaux. Il ne disait rien, son petit cœur battait pourtant. Comme elle avait oublié de regarder si c'était un garçon ou une fille, elle déplia les papiers. C'était une fille. Encore une malheureuse! de la viande à cocher ou à valet de chambre, comme cette Louise, trouvée sous une porte! Les domestiques dormaient toujours, et elle put sortir, se faire tirer en bas le cordon par M. Gourd endormi, aller poser son paquet dans le passage Choiseul dont on ouvrait les grilles, puis remonter tranquillement. Elle n'avait rencontré personne. Enfin, une fois dans sa vie, la chance était pour elle !

Tout de suite, elle arrangea la chambre. Elle roula la toile cirée sous le lit, alla vider le pot, revint donner un coup d'éponge par terre. Et, exténuée, d'une blancheur de cire, le sang coulant toujours entre ses cuisses, elle se recoucha, après s'être tamponnée avec une serviette. Ce fut ainsi que madame Josserand la trouva, lorsqu'elle se décida à monter vers neuf heures, très surprise de ne pas la voir descendre. La bonne s'étant plainte d'une diarrhée affreuse qui l'avait épuisée toute la nuit, madame s'écria :

— Pardi! vous aurez encore trop mangé! Vous ne songez qu'à vous emplir.

Inquiète de sa pâleur, elle parla cependant de faire venir le médecin; mais elle fut heureuse d'épargner les trois francs, quand la malade eut juré qu'elle avait uniquement besoin de repos. Depuis la mort de son mari, elle vivait, avec sa fille Hortense, d'une pension que les frères Bernheim lui faisaient, ce qui ne l'empêchait pas de les traiter amèrement d'exploiteurs; et elle se nourrissait plus mal encore, pour ne pas déchoir en quittant son appartement et en renonçant à ses mardis.

— C'est ça, dormez, dit-elle. Il nous reste du bœuf froid pour ce matin, et ce soir nous dînons dehors. Si vous ne pouvez pas descendre aider Julie, elle se passera de vous.

Le soir, le dîner fut cordial, chez les Duveyrier. Toute la famille se trouvait réunie, les deux ménages Vabre, madame Josserand, Hortense, Léon, même l'oncle Bachelard, qui se conduisit bien. En outre, on avait invité Trublot, pour boucher un trou, et madame Dambreville, pour ne pas la séparer de Léon. Celui-ci, après son mariage avec la nièce, était retombé aux bras de la tante, dont il avait encore besoin. On les voyait arriver ensemble dans tous les salons, et ils excusaient la jeune femme, qu'une grippe ou une paresse, disaient-ils, retenait chez elle. Ce soir-là, la table entière se plaignit de la connaître à peine : on l'aimait tant, elle était si belle! Ensuite, on parla du chœur que Clotilde devait faire chanter à la fin de la soirée; c'était encore la Bénédiction des Poignards, mais cette fois avec cinq ténors, quelque chose de complet, de magistral. Depuis deux mois, Duveyrier lui-même, redevenu charmant, racolait les amis de la maison, avec la même formule, répétée à chaque rencontre : « On ne vous voit plus, venez donc, ma femme reprend ses chœurs. » Aussi, à partir des entremets, ne causa-t-on que de musique. La plus heureuse bonhomie et la plus franche gaieté régnèrent jusqu'au champagne.

Puis, après le café, pendant que les dames restaient devant la cheminée du grand salon, il se forma, dans le petit, un groupe d'hommes qui se mirent à échanger des idées graves. Le monde arrivait, d'ailleurs. Bientôt, il y eut là Campardon, l'abbé Mauduit, le docteur Juillerat, sans compter les dîneurs, sauf Trublot, disparu au sortir de table. Dès la seconde phrase, on tomba sur la politique. Les débats des Chambres passionnaient ces messieurs, et ils en étaient encore à discuter le succès de la liste de l'opposition, passée tout entière à Paris, aux élections de mai. Ce triomphe de la bourgeoisie frondeuse les inquiétait sourdement, malgré leur joie apparente.

— Mon Dieu! déclara Léon, monsieur Thiers est certainement un homme de talent. Mais il apporte, dans ses discours sur l'expédition du Mexique, une acrimonie qui enlève toute portée.

Il venait d'être nommé maître des requêtes, sur les démarches de madame Dambreville, et du coup il se ralliait. Rien ne restait en lui du démagogue affamé, si ce n'était une insupportable intolérance de doctrine.

— Vous accusiez le gouvernement de toutes les fautes, dit le docteur en souriant. J'espère que vous avez au moins voté pour monsieur Thiers.

Le jeune homme évita de répondre. Théophile, dont l'estomac ne digérait plus, et que troublaient de nouveaux doutes sur la fidélité de sa femme, s'écria :

— Moi, j'ai voté pour lui... Du moment où les hommes refusent de vivre en frères, tant pis pour eux!

— Et tant pis pour vous, n'est-ce pas? fit remarquer Duveyrier, qui, parlant peu, lâchait des mots profonds.

Effaré, Théophile le regarda. Auguste n'osait plus avouer qu'il avait également voté pour monsieur Thiers. Puis, ce fut une surprise, quand l'oncle Bachelard lança une profession de foi légitimiste : au fond, il trouvait ça distingué. Campardon l'approuva beaucoup; lui, s'était abstenu, parce que monsieur Dewinck, le candidat officiel, n'offrait pas assez de garantie au point de vue religieux; et il éclata en paroles furibondes contre la *Vie de Jésus*, publiée depuis peu.

— Ce n'est pas le livre qu'il faudrait brûler, c'est l'auteur! répétait-il.

— Vous êtes peut-être trop radical, mon ami, interrompit l'abbé d'une voix conciliante. Mais, en effet, les symptômes deviennent terribles... On parle de chasser le pape, voilà la révolution dans le parlement, nous marchons aux abîmes.

— Tant mieux! dit simplement le docteur Juillerat.

Alors, tous se révoltèrent. Il renouvelait ses attaques contre la bourgeoisie, lui promettait un joli coup de balai, pour l'heure où le peuple voudrait jouir à son tour; et les autres l'interrompaient violemment, criaient que la bourgeoisie était la vertu, le travail, l'épargne de la nation. Duveyrier domina enfin les voix. Il le confessait hautement, il avait voté pour monsieur Dewinck, non pas que monsieur Dewinck représentât son opinion exacte, mais parce qu'il était le drapeau de l'ordre. Oui, les saturnales de la Terreur pouvaient renaître. Monsieur Rouher, l'homme d'État si remarquable qui venait de remplacer monsieur Billault, l'avait formellement prophétisé à la tribune. Il termina par ces paroles imagées :

— Le triomphe de votre liste, c'est le premier ébranlement de l'édifice. Prenez garde qu'il ne vous écrase !

Ces messieurs se taisaient, avec la peur inavouée de s'être laissé emporter jusqu'à compromettre leur sécurité personnelle. Ils voyaient des ouvriers, noirs de poudre et de sang, entrer chez eux, violer leur bonne e boire leur vin. Sans doute, l'empereur méritait une leçon; seulement, ils commençaient à regretter de lui en avoir donné une aussi forte.

— Soyez donc tranquilles! conclut le docteur, goguenard. On vous sauvera encore à coups de fusil.

Mais il allait trop loin, on le traita d'original. C'était, du reste, grâce à cette réputation d'originalité qu'il devait de ne pas perdre sa clientèle. Il continua, en reprenant avec l'abbé Mauduit leur éternelle querelle sur la disparition prochaine de l'Église. Léon, maintenant, se mettait du côté du prêtre : il parlait de la Providence et, le dimanche, accompagnait madame Dambreville à la messe de neuf heures.

Cependant, le monde arrivait toujours, le grand salon se remplissait de dames. Valérie et Berthe échangeaient des confidences, en bonnes amies. L'autre madame Campardon, que l'architecte avait amenée, sans doute afin de remplacer cette pauvre Rose, déjà couchée en haut, et lisant Dickens, donnait à madame Josserand une recette économique pour blanchir le linge sans savon; tandis que, seule à l'écart, Hortense, qui attendait Verdier, ne quittait pas la porte des yeux. Mais, brusquement, Clotilde, en train de causer avec madame Dambreville, s'était levée, les mains tendues. Son amie, madame Octave Mouret, venait d'entrer. Le mariage avait eu lieu à la fin de son deuil, dans les premiers jours de novembre.

— Et ton mari? demanda la maîtresse de maison. Il ne va pas me manquer de parole, au moins?

— Non, non, répondit Caroline souriante. Il me suit, une affaire l'a retenu au dernier moment.

On chuchotait, on la regardait avec curiosité, si belle et si calme, toujours la même, ayant l'aimable assurance d'une femme qui réussit dans toutes ses affaires. Madame Josserand lui serra la main, comme charmée de la revoir. Berthe et Valérie, cessant de causer, l'examinaient paisiblement, détaillaient sa toilette, une robe paille couverte de dentelle. Mais, au milieu de ce tranquille oubli du passé, Auguste, que la politique laissait froid, donnait les signes d'une stupéfaction indignée, debout à la porte du petit salon. Comment! sa sœur allait recevoir le ménage de l'ancien amant de sa femme! Et, dans sa rancune d'époux, il y avait encore la colère jalouse du commerçant ruiné par une concurrence triomphante; car *le Bonheur des Dames*, en s'agrandissant et en créant un rayon spécial de soierie, avait tellement épuisé ses ressources, qu'il s'était vu obligé de prendre un associé. Il s'approcha, et pendant qu'on fêtait madame Mouret, il dit à l'oreille de Clotilde :

— Tu sais que je ne tolérerai jamais ça.

— Quoi donc? demanda-t-elle, pleine de surprise.

— La femme, passe encore! elle ne m'a rien fait... Mais si le mari vient, j'empoigne Berthe par le bras et je sors devant le monde.

Elle le regarda, puis haussa les épaules. Caroline était son amie la plus ancienne, bien sûr qu'elle n'allait pas renoncer à la voir, pour le contenter dans ses caprices. Est-ce qu'on se rappelait seulement cette affaire? Il ferait mieux de ne plus remuer des choses auxquelles il était le seul à songer encore. Et comme, très ému, il cherchait un appui auprès de Berthe, comptant qu'elle se lèverait et le suivrait aussitôt, celle-ci le rappela au calme d'un froncement de sourcils : devenait-il fou? voulait-il donc se rendre plus ridicule qu'il ne l'avait jamais été?

— Mais c'est pour ne pas l'être, ridicule! dit-il avec désespoir.

Alors, madame Josserand se pencha, et d'une voix sévère :

— Ça devient indécent, on vous regarde. Soyez donc convenable une fois.

Il se tut, sans se soumettre. Dès ce moment, une gêne régna parmi ces dames. Seule, madame Mouret, assise enfin devant Berthe, à côté de Clotilde, gardait sa tranquillité souriante. On guettait Auguste, qui avait disparu dans l'embrasure de la fenêtre où s'était fait son mariage, autrefois. La colère lui donnait un commencement de migraine, et il appuyait par moments son front aux vitres glacées.

D'ailleurs, Octave vint fort tard. Comme il arrivait sur le palier, il s'y rencontra avec madame Juzeur, qui descendait enveloppée d'un châle. Elle se plaignait de la poitrine, elle s'était levée, pour ne pas manquer de parole aux Duveyrier. Son état languissant ne l'empêcha pas de se jeter dans les bras du jeune homme, en le félicitant de son mariage.

Que je suis heureuse de ce beau résultat, mon ami! Vrai! j'en désespérais pour vous, jamais je n'aurais cru que vous réussiriez... Dites, mauvais sujet, que lui avez-vous donc fait encore, à celle-là?

Octave, souriant, lui baisa les doigts. Mais quelqu'un, qui montait avec une légèreté de chèvre, les dérangea; et, très surpris, il crut reconnaître Saturnin. C'était en effet Saturnin, sorti depuis une semaine de l'asile des Moulineaux, où le docteur Chassagne refusait une seconde fois de le garder davantage, ne jugeant toujours pas, chez lui, la folie assez caractérisée. Sans doute, il allait passer la soirée chez Marie Pichon, comme jadis, lorsque ses parents recevaient. Et, brusquement, furent évoqués les jours anciens. Octave entendait venir d'en haut une voix mourante, la romance dont Marie berçait le vide de ses heures; il la revoyait éternellement seule, près du berceau où dormait Lilitte, attendant le retour de Jules, avec sa complaisance de femme inutile et douce.

— Je vous souhaite tous les bonheurs en ménage, répétait madame Juzeur, qui lui serrait tendrement les mains.

Pour ne pas entrer avec elle dans le salon, il s'attardait à retirer son paletot, lorsque Trublot, en habit, nu-tête, l'air bouleversé, déboucha du couloir de la cuisine.

— Vous savez qu'elle ne va pas bien du tout! murmura-t-il, pendant qu'Hippolyte introduisait madame Juzeur.

— Qui donc? demanda Octave.

— Mais Adèle, la bonne d'en haut.

En apprenant son indisposition, il était monté paternellement pour la voir, au sortir de table. Ça devait être une forte cholérine; elle aurait eu besoin d'un bon verre de vin chaud, et elle n'avait pas même du sucre. Puis, comme il s'aperçut que son ami souriait, l'air indifférent :

— Tiens! c'est vrai, vous êtes marié, farceur! Ça ne vous intéresse plus... Moi qui oubliais, en vous trouvant dans les coins, avec madame. Tout ce que vous voudrez, mais pas ça!

Ils entrèrent ensemble. Justement, ces dames causaient de leurs domestiques, et elles se passionnaient, au point qu'elles ne les virent pas d'abord. Toutes, d'un air de complaisance, approuvaient madame Du-

ADÈLE

veyrier, qui expliquait, embarrassée, pourquoi elle gardait Clémence et Hippolyte : lui, était brutal, mais elle, habillait si bien, qu'on fermait volontiers les yeux sur le reste. Valérie et Berthe ne pouvaient décidément trouver une fille convenable; elles y renonçaient, elles épuisaient les bureaux de placement, dont le personnel gâté traversait leurs cuisines au galop. Madame Josserand tombait avec violence sur Adèle, dont elle racontait de nouveaux traits de saleté et de bêtise extraordinaires; et elle ne la renvoyait pas. Quant à l'autre madame Campardon, elle comblait Lisa d'éloges : une perle, aucun reproche à lui faire, enfin une de ces bonnes méritantes auxquelles on donne des prix.

— Maintenant, elle est de la famille, dit-elle. Notre petite Angèle suit des cours à l'Hôtel de Ville, et c'est Lisa qui l'accompagne... Oh! elles pourraient bien rester ensemble des journées dehors, nous ne sommes pas inquiets.

Ce fut à ce moment que ces dames aperçurent Octave. Il s'avançait pour saluer Clotilde. Berthe le regarda; puis, sans affectation, se remit à entretenir Valérie, qui avait échangé avec lui un regard affectueux d'amie désintéressée. Les autres, madame Josserand, madame Dambreville, sans se jeter à sa tête, le considérèrent avec un sympathique intérêt.

— Enfin, vous voilà! dit Clotilde, très aimable. Je commençais à trembler pour notre chœur.

Et, comme madame Mouret grondait doucement son mari de s'être fait attendre, il présenta des excuses.

— Mais, chère amie, je n'ai pas pu... Je suis au désespoir, madame. Me voilà à votre disposition.

Cependant, ces dames surveillaient avec inquiétude l'embrasure de la fenêtre où Auguste s'était réfugié. Elles eurent un moment de peur, quand elles le virent se retourner, au son de la voix d'Octave. Sa migraine augmentait sans doute, il avait les yeux troubles, pleins des ténèbres de la rue. Il se décida pourtant, revint se placer derrière sa sœur, en disant :

— Renvoie-les, ou c'est nous qui partons.

Clotilde, de nouveau, haussa les épaules. Alors, Auguste parut vouloir lui donner le temps de réfléchir : il attendrait encore quelques minutes, d'autant plus que Trublot emmenait Octave dans le petit salon. Ces dames n'étaient toujours pas tranquilles, car elles avaient entendu le mari murmurer à l'oreille de sa femme :

— S'il rentre ici, tu vas te lever et me suivre... Sans ça, tu peux retourner chez ta mère.

Dans le petit salon, l'accueil de ces messieurs fut également très cordial. Si Léon affecta de se montrer froid, l'oncle Bachelard et même Théophile semblèrent déclarer que la famille oubliait tout, en tendant la main à Octave. Celui-ci félicita Campardon, qui, décoré de l'avant-veille, portait un large ruban rouge; et l'architecte, radieux, le gronda de ne plus monter, de temps à autre, passer une heure avec sa femme : on avait beau être marié, ce n'était guère aimable d'oublier des amis de quinze ans. Mais le jeune homme restait surpris et inquiet devant Duveyrier. Il ne l'avait pas revu depuis sa guérison, il regardait avec un malaise sa mâchoire de travers, déviée à gauche, et qui maintenant faisait loucher son visage. Puis, quand le conseiller parla, ce fut un autre étonnement : sa voix avait baissé de deux tons, elle était devenue caverneuse.

— Vous ne trouvez pas qu'il est beaucoup mieux? dit Trublot à Octave, en ramenant ce dernier près de la porte du grand salon. Positivement, ça lui donne une majesté. Je l'ai vu présider les assises, avant-hier... Et, tenez! ils en causent.

En effet, ces messieurs passaient de la politique à la morale. Ils écoutaient Duveyrier donner des détails sur une affaire dans laquelle on avait beaucoup remarqué son attitude. On allait même le nommer président de chambre et officier de la Légion d'honneur. Il s'agissait d'un infanticide remontant déjà à plus d'un an. La mère dénaturée, une véritable sauvagesse, comme il le disait, se trouvait être précisément la piqueuse de bottines, son ancienne locataire, cette grande fille pâle et désolée, dont le ventre énorme indignait M. Gourd. Et stupide avec ça! car, sans même s'aviser que ce ventre la dénoncerait, elle s'était mise à couper son enfant en deux, pour le garder ensuite au fond d'une caisse à chapeau. Naturellement, elle avait raconté aux jurés tout un roman ridicule, l'abandon d'un séducteur, la misère, la faim, une crise folle de désespoir devant le petit qu'elle ne pouvait nourrir : en un mot, ce qu'elles disaient toutes. Mais il fallait un exemple. Duveyrier se félicitait d'avoir résumé les débats avec cette clarté saisissante, qui parfois déterminait le verdict du jury.

— Et vous l'avez condamnée? demanda le docteur.

— A cinq ans, répondit le conseiller de sa voix nouvelle, comme enrhumée et sépulcrale. Il est temps d'opposer une digue à la débauche qui menace de submerger Paris.

Trublot poussait le coude d'Octave, tous deux au courant d'ailleurs du suicide manqué.

— Hein? vous l'entendez? murmura-t-il. Sans blague, ça lui arrange la voix : elle vous remue davantage, n'est-ce pas? elle va au cœur, maintenant... Et si vous l'aviez vu, debout, drapé dans sa grande robe rouge, avec sa gueule de travers! Ma parole! il m'a fait peur, il était extraordinaire, oh! vous savez, un chic dans la majesté à vous donner la petite mort!

Mais il se tut, il prêta l'oreille à la conversation des dames, qui reprenait sur les domestiques, dans le salon. Madame Duveyrier, le matin même. avait donné à Julie ses huit jours : sans doute, elle ne disait rien contre la cuisine de cette fille; seulement, la bonne conduite passait avant tout à ses yeux. La vérité était que, prévenue par le docteur Juillerat, inquiète pour la santé de son fils dont elle tolérait les farces chez elle, afin de les mieux surveiller, elle avait eu une explication avec Julie, malade depuis quelque temps; et celle-ci, en cuisinière distinguée, dont le genre n'était pas de se quereller chez les maîtres, avait accepté ses huit jours, dédaignant même de répondre que, si elle se conduisait mal, elle ne souffrirait tout de même pas de ce qu'elle souffrait, sans la malpropreté de monsieur Gustave, le fils de madame. Tout de suite, madame Josserand partagea l'indignation de Clotilde : oui, il fallait être absolument intraitable sur la question de moralité; par exemple, si elle gardait son torchon d'Adèle malgré sa crasse et sa bêtise, c'était à cause de l'honnêteté profonde de cette cruche-là. Oh! sur ce chapitre, rien à lui reprocher!

— Pauvre Adèle! quand on pense! murmura Trublot, repris d'attendrissement au souvenir de la malheureuse, glacée là-haut sous sa mince couverture.

Puis, penché à l'oreille d'Octave, il ajouta en ricanant :

— Dites donc, Duveyrier pourrait au moins lui monter une bouteille de bordeaux!

— Oui, messieurs, continuait le conseiller, les tables de statistique sont là, les infanticides augmentent dans des proportions effrayantes... Vous donnez trop de place aujourd'hui aux raisons de sentiment, vous abusez surtout beaucoup trop de la science, de votre prétendue physiologie, avec laquelle il n'y aura bientôt plus de bien ni de mal... On ne guérit pas la débauche, on la coupe dans sa racine.

Cette réfutation s'adressait au docteur Juillerat, qui avait voulu expliquer médicalement le cas de la piqueuse de bottines.

Du reste, ces messieurs se montraient, eux aussi, pleins de dégoût et de sévérité : Campardon ne comprenait pas le vice, l'oncle Bachelard défendait l'enfance, Théophile demandait une enquête, Léon considérait la prostitution dans ses rapports avec l'État; pendant que Trublot, sur une question d'Octave, lui parlait de la nouvelle maîtresse de Duveyrier, cette fois une femme très bien, un peu mûre, mais romanesque, l'âme élargie par cet idéal dont le conseiller avait besoin pour épurer l'amour, enfin une personne recommandable qui rendait la paix à son ménage, en l'exploitant et en couchant avec ses amis, sans fracas inutile. Et, seul, l'abbé Mauduit se taisait, les yeux à terre, l'âme troublée, dans une grande tristesse.

Cependant, on allait chanter la Bénédiction des Poignards. Le salon s'était empli, un flot de toilettes s'y pressait sous la lumière vive du lustre et des lampes, des rires couraient le long des files de chaises alignées; et, dans ce brouhaha, Clotilde rudoya tout bas Auguste, qui, en voyant entrer Octave avec ces messieurs du chœur, venait de saisir le bras de Berthe, pour la forcer à se lever. Mais il faiblissait déjà, la tête prise entièrement par la migraine triomphante, de plus en plus embarrassé devant la muette désapprobation de ces dames. Les regards sévères de madame Dambreville le désespéraient, il n'avait pas même pour lui l'autre madame Campardon. Ce fut madame Josserand qui l'acheva. Elle intervint brusquement, elle le menaça de reprendre sa fille et de ne jamais lui donner les cinquante mille francs de la dot; car elle promettait toujours cette dot avec carrure. Puis, se tournant vers l'oncle Bachelard, assis derrière elle, près de madame Juzeur, elle lui fit renouveler ses promesses. L'oncle mit la main sur son cœur : il savait son devoir, la famille avant tout. Auguste, battu, recula, alla de nouveau se réfugier dans l'embrasure de la fenêtre, où il appuya son front brûlant contre les vitres glacées.

Alors, Octave eut une singulière sensation de recommencement. C'était comme si les deux années vécues par lui, rue de Choiseul, venaient de se combler. Sa femme se trouvait là, qui lui souriait, et pourtant rien ne semblait s'être passé dans son existence : aujourd'hui répétait hier, il n'y avait ni arrêt ni dénouement. Trublot lui montra près de Berthe le nouvel associé, un petit blond très coquet, qui la comblait de cadeaux, disait-on. L'oncle Bachelard, tombé dans la poésie, se révélait sous un jour sentimental à madame Juzeur, qu'il attendrissait par des confidences intimes au sujet de Fifi et de Gueulin. Théophile, ravagé de doutes, le ventre plié par des quintes de toux, suppliait à l'écart le docteur Juillerat de donner quelque chose à sa femme, pour la faire tenir tranquille. Campardon, les yeux sur la cousine Gasparine, parlait de son diocèse d'Évreux, sautait aux grands travaux de la nouvelle rue du Dix-Décembre, défendait Dieu et l'art, en envoyant promener le monde, car il s'en fichait au fond, il était un artiste! Et il y avait même, derrière une jardinière, le dos d'un monsieur, que toutes les filles à marier contemplaient d'un air de curiosité profonde : c'était le dos de Verdier, qui causait avec Hortense, tous deux enfoncés dans une explication aigre, reculant de nouveau le mariage au printemps, pour ne pas mettre la femme et l'enfant à la rue, en plein hiver.

Puis, ce fut le chœur qui recommença. L'architecte, la bouche arrondie, lançait le premier vers. Clotilde plaqua un accord, jeta son cri. Et les voix éclatèrent, le vacarme s'enfla peu à peu, s'épanouit avec une violence qui effarait les bougies et pâlissait les dames. Trublot, jugé insuffisant dans les basses, était essayé une seconde fois comme baryton. Les cinq ténors furent du reste très remarqués, Octave surtout, auquel Clotilde regrettait de ne pouvoir confier un solo. Quand les voix tombèrent, et qu'elle eut mis la sourdine, faisant sonner les pas cadencés et perdus d'une patrouille qui s'éloigne, on applaudit beaucoup, on la combla d'éloges, ainsi que ces messieurs. Et, au fond de la pièce voisine, derrière un triple rang d'habits noirs, on voyait Duveyrier serrer les dents pour ne pas aboyer d'angoisse, avec sa mâchoire de travers, dont les boutons irrités saignaient.

Le thé, ensuite, déroula le même défilé, promena les mêmes tasses et les mêmes sandwichs. Un moment, l'abbé Mauduit se retrouva seul, au milieu du salon désert. Il regardait, par la porte grande ouverte, l'écrasement des invités; et, vaincu, il souriait, il jetait une fois encore le manteau de la religion sur cette bourgeoisie gâtée, en maître de cérémonie qui drapait le chancre, pour retarder la décomposition finale. Il fallait bien sauver l'Église, puisque Dieu n'avait pas répondu à son cri de désespoir et de misère.

Enfin, comme tous les samedis, lorsque minuit sonna, les invités s'en allèrent peu à peu. Campardon se retira un des premiers, avec l'autre madame Campardon. Léon et madame Dambreville ne tardèrent pas à les suivre, maritalement. Depuis longtemps, le dos de Verdier avait disparu, lorsque madame Josserand emmena Hortense, en la querellant sur ce qu'elle appelait son entêtement romanesque. L'oncle Bachelard, très gris d'avoir bu du punch, retint un instant à la porte madame Juzeur, dont les conseils pleins d'expérience le rafraîchissaient. Trublot lui-même, qui avait volé du sucre pour le monter à Adèle, allait enfiler le couloir de la cuisine, lorsque la présence de Berthe et d'Auguste, dans l'antichambre, le gêna. Il feignit de chercher son chapeau.

Mais, juste à cette minute, Octave et sa femme, reconduits par Clotilde, sortaient aussi et demandaient leurs vêtements. Il y eut quelques secondes d'embarras. L'antichambre n'était pas grande, Berthe et madame Mouret se trouvèrent serrées l'une contre l'autre, pendant qu'Hippolyte bouleversait le vestiaire. Elles se sourirent. Puis, quand la porte fut ouverte, les deux hommes, Octave et Auguste, remis face à face, s'écartèrent, se firent des politesses. Enfin, Berthe consentit à passer la première, après un échange de petits saluts. Et Valérie, qui partait à son tour avec Théophile, regarda de nouveau Octave de son air affectueux d'amie désintéressée. Lui et elle auraient seuls pu tout se dire.

— Au revoir, n'est-ce pas? répéta gracieusement madame Duveyrier aux deux ménages, avant de rentrer dans le salon.

Octave s'était arrêté net. Il venait d'apercevoir, à l'entresol, l'associé qui s'en allait, le blond très soigné, auquel Saturnin, descendu de chez Marie, serrait les mains dans un élan de sauvage tendresse, en bégayant le mot : « Ami... ami... ami... » Un singulier mouvement de jalousie le tortura d'abord. Puis, il eut un sourire. C'était le passé, et il revit ses amours, toute sa campagne de Paris : les complaisances de cette bonne petite Pichon, son échec auprès de Valérie dont il gardait un agréable souvenir, sa liaison imbécile avec Berthe qu'il regrettait comme du temps perdu. Maintenant, il avait fait son affaire, Paris était conquis; et, galamment, il suivait celle qu'il nommait encore au fond de lui madame Hédouin, il se baissait pour que la traîne de sa robe ne s'accrochât pas aux tringles des marches.

La maison, une fois de plus, avait son grand air de dignité bourgeoise. Il crut entendre la romance lointaine et mourante de Marie. Sous la voûte, il rencontra Jules qui rentrait : madame Vuillaume se trouvait au plus mal et refusait de recevoir sa fille. Puis, ce fut tout, le docteur et l'abbé se retiraient les derniers en discutant, Trublot était furtivement monté chez Adèle pour la soigner; et l'escalier désert s'endormait dans une chaleur lourde, avec ses portes chastes, fermées sur des alcôves honnêtes. Une heure sonnait, lorsque monsieur Gourd, que madame Gourd attendait douillettement au lit, éteignit le gaz. Alors, la maison tomba à la solennité des ténèbres, comme anéantie dans la décence de son sommeil. Rien ne restait, la vie reprenait son niveau d'indifférence et de bêtise.

Le lendemain matin, après le départ de Trublot qui l'avait veillée avec une tendresse de père, Adèle se traîna jusqu'à sa cuisine, pour détourner les soupçons. Le dégel était venu pendant la nuit, et elle ouvrait la fenêtre, prise d'étouffement, lorsque la voix d'Hippolyte s'éleva furieuse, du fond de l'étroite cour.

— Tas de salopes! qui est-ce qui vide encore ses eaux?... La robe de madame est perdue!

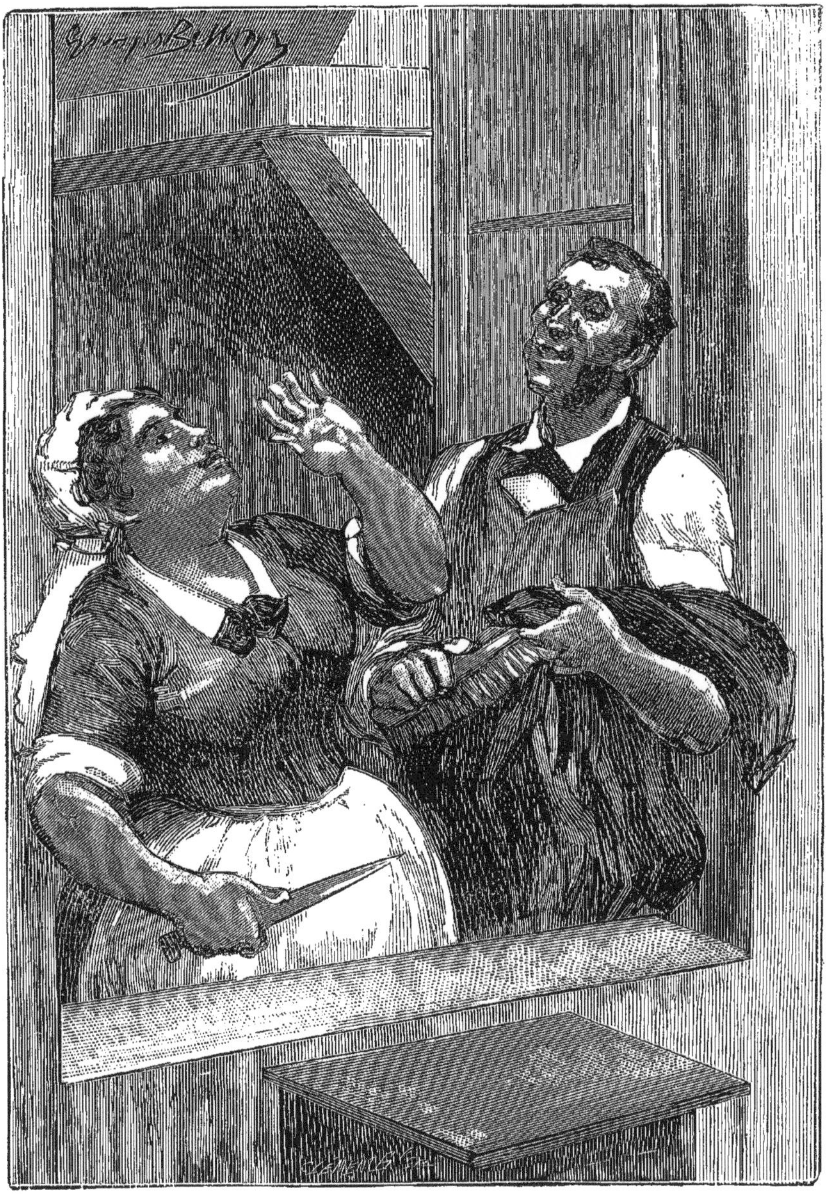

Elle levait la tête pour dire à Lisa le dernier mot du livre : c'est cochon et compagnie. (p. 452).

Il avait mis à l'air une robe de madame Duveyrier, qu'il décrottait, et il la retrouvait éclaboussée de bouillon aigre. Alors les bonnes, du haut en bas, parurent aux fenêtres, se disculpèrent violemment. La bonde était levée, un flot de mots abominables dégorgeait du cloaque. Dans les temps de dégel, les murs y ruisselaient d'humidité, une pestilence montait de la petite cour obscure, toutes les décompositions cachées des étages semblaient fondre et s'exhaler par cet égout de la maison.

— Ce n'est pas moi, dit Adèle en se penchant. J'arrive.

Lisa leva brusquement la tête.

— Tiens! vous êtes sur vos pattes... Eh bien? quoi donc? vous avez failli claquer?

— Oh! oui, j'ai eu des coliques, des coliques pas drôles, je vous en réponds!

Cela interrompit la querelle. Les nouvelles bonnes de Valérie et de Berthe, un grand chameau et une petite rosse, comme on les nommait, regardaient avec curiosité le visage pâle d'Adèle. Victoire et Julie elles-mêmes voulurent la voir, se démanchèrent le cou, la tête renversée. Toutes se doutaient de quelque chose, car ce n'était pas naturel, de s'être ainsi tortillée en criant.

— Vous avez peut-être mangé des moules, dit Lisa.

Les autres éclatèrent, une nouvelle poussée d'ordures déborda, pendant que la malheureuse, épouvantée, bégayait :

— Taisez-vous, avec vos vilaines choses! Je suis assez malade. Vous n'allez pas m'achever, n'est-ce pas?

Non, bien sûr. Elle était bête comme trente-six mille pots et sale à répugner une paroisse; mais on se tenait trop entre soi pour lui faire arriver des ennuis. Et, naturellement, on tomba sur les maîtres, on jugea la soirée de la veille avec des mines de répugnance profonde.

— Les voilà donc tous recollés ensemble? demanda Victoire, qui sirotait son cassis trempé d'alcool.

Hippolyte, en train de laver la robe de madame, répondit :

— Ça n'a pas plus de cœur que mes souliers... Quand ils se sont craché à la figure, ils se débarbouillent avec, pour faire croire qu'ils sont propres.

— Faut bien qu'ils s'entendent, dit Lisa. Autrement, ce ne serait pas long, notre tour viendrait.

Mais il y eut une panique. Une porte s'ouvrit, et les bonnes replongeaient déjà dans leurs cuisines, lorsque Lisa annonça que c'était la petite Angèle : pas de danger avec l'enfant, elle comprenait. Et, du boyau noir, monta de nouveau la rancune de la domesticité, au milieu de l'empoisonnement fade du dégel. Il y eut un grand déballage du linge sale des deux années. Ça consolait de n'être pas des bourgeois, quand on voyait les maîtres vivre le nez là dedans, et s'y plaire, puisqu'ils recommençaient.

— Eh! dis donc, toi, là-haut! cria brusquement Victoire, c'est-il avec la gueule de travers que tu as mangé tes moules?

Du coup, une joie féroce ébranla le puisard empesté. Hippolyte en déchira la robe de madame; mais il s'en fichait à la fin, c'était encore trop bon pour elle! Le grand chameau et la petite rosse se tordaient, pliées sur le bord de leur fenêtre, dans une crise de fou rire. Cependant, Adèle, ahurie, et que la faiblesse endormait, avait tressailli. Elle répondait, au milieu des huées :

— Vous êtes des sans-cœur... Quand vous mourrez, j'irai danser devant vous.

— Ah! mademoiselle, reprit Lisa en se penchant pour s'adresser à Julie, que vous devez être heureuse de quitter dans huit jours une pareille baraque de maison!... Ma parole! on y devient malhonnête malgré soi. Je vous souhaite de mieux tomber.

Julie, les bras nus, tout saignants d'un turbot qu'elle vidait pour le soir, était revenue s'accouder près du valet de chambre. Elle haussa les épaules et conclut par cette réponse philosophique :

— Mon Dieu! mademoiselle, celle-ci ou celle-là, toutes les baraques se ressemblent. Au jour d'aujourd'hui, qui a fait l'une a fait l'autre. C'est cochon et compagnie.

FIN.

www.ingramcontent.com/pod-product-compliance
Ingram Content Group UK Ltd.
Pitfield, Milton Keynes, MK11 3LW, UK
UKHW031845260826
14628UKWH00002B/587

9 782012 479821